무기력하지만
하고 싶은 것은 많습니다

무기력하지만 하고 싶은 것은 많습니다

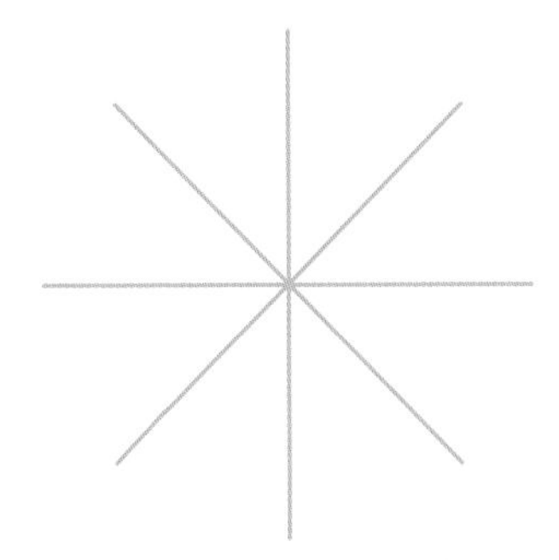

양경민 (글토크)

빅피시
BIG FISH

Prologue
마음이 더 단단해지는 과정이니까

30대 후반을 지나고 있는 시점에서
내가 이루고 싶은 버킷리스트는
여전히 스무 가지가 훌쩍 넘는다.

시간이 지나면 점차 이루고 싶은 것들이
사라지거나 줄어들 거라 여겼는데,
오히려 삶의 시야가 넓어지다 보니
그동안 놓치고 살았던 것들이 더 보이는 것 같다.

작년 봄, 나의 오랜 꿈이자 목표였던
인생 첫 책을 출간했다.

한동안 감사함과 성취감이 가득 찬 나날들이었지만,
그 단단했던 마음은 생각보다 오래가지 않았다.

일상의 여러 일들이
내가 바란 것과는 전혀 다른 방향으로 흘러가
무기력에 빠지는 날들이 늘어났다.

왜일까? 내가 원하는 것들을 하나씩 이뤄가고 있는데
왜 다시 위축되고 되려 더 불안할까?

한동안 멍하니 자신에게 되물었다.
늘 그래왔듯이 완벽한 정답을 찾을 순 없었지만,
문득 이 질문은 어쩌면 내 곁에 진득하게 붙어
쉽게 떠나지 않을 거라는 생각이 들었다.
그러나 동시에 작은 실마리 하나가 떠올랐다.

완전히 벗어날 수는 없다는 거.

누구나 때때로 흔들리고 서성일 수밖에 없다는 거였다.

어디서 나타날지 모르는 무기력한 감정들,
한순간에 나를 어둠으로 몰고 가버리는 번아웃,
하루아침에 무너지는 나약한 자존감.

이런 것들에서 벗어날 수 있는
완전한 해방은 없는 것 아닐까.
막연한 기대를 품었던 건 아닐까.

마음은 무거웠지만, 이상하리만큼 슬프지는 않았다.
늘 반복되던 일이었고 늘 찾아오던 감정이었으니까.
다만 그럴 때마다 주저앉는 '내가' 나를 더 힘들게 해왔는 걸
깨달았다.

그래서 생각했다.
벗어날 수 없다면 차라리 강력한 방어구를 만들어

타격감을 줄여버리자고.

나를 괴롭히는 감정들이 아무리 들이닥쳐도 겁내지 않고
밀고 나아갈 수 있는 단단한 마음을 키워내고 말겠다고.

일의 슬럼프와 관계의 딜레마에 빠지고,
반복적인 일상에 지치고, 다음 스텝을 나아가지 못할 때,
그것들이 내 마음 깊이 침투하지 못하도록 하고 싶었다.

그런 다짐을 되뇌게 되는 순간마다
그 과정에서 찾아낸 나만의 해답들을 글로 쓰기 시작했다.
그 덕분인지 완벽하진 못해도 나 자신을 추스르며
살아감에 필요한 방어막이 조금씩 튼튼해짐을 느꼈다.

때론 삶이 내 뜻과는 반대로 움직인다 해도
절대 주눅 들거나 물러서지 말아야 한다.
신은 우리가 생각하는 그 이상으로 관대하기에

생각보다 많은 기회를 세상에 던져 주고 있으니까.

서툶과 불안의 연속일지라도
얼마든지 다시 나아갈 수 있다.
당신은 그 어떤 상황에도 쉽사리 흔들리지 않고
중심을 잡으며 보란 듯 살아갈 수 있다.

나의 간절함이 만들어낸 이 작은 희망들이
앞으로 빛날 당신의 여정 속에 꼭 함께하길 바라본다.

차례

02

작은 움직임부터 하나씩

03
자꾸만 주저앉는 자신을 다그치지 말 것

04
되찾은 열정을 유지하기 위해 일상을 매만지는 시간

01

아주 잠시
무기력하겠습니다

나를 다시
일으켜 주는 주문

나는 하고 싶은 게 많은 사람이다.
운동 같은 작은 취미부터, 커리어적인 일까지
언젠간 해보고 싶고 꼭 이루고 싶다고
생각하는 일들이 많다.

다만 그 모든 하고 싶은 일들을 해낼
에너지와 시간, 의욕이 부족해
이따금 마음이 꺾일 때가 있다.

그렇게 몸과 마음은 이미 지쳤는데
하고 싶은 일은 계속 쌓여만 갈 때.
출처를 알 수 없는 두려움과 현실의 냉혹함이
나를 궁지로 몰아세울 때.

그럴 때마다
과거에 써둔 일기를 찾아본다.

"나는 부정적인 생각에 갇혀
오늘 하루를 망치지 않을 것이다.
내가 생각하고 말하는 것은 곧 현실로 다가온다.
나에게 일어난 일들이 무엇이든 그 모든 것이
나를 성장시킨다.
완벽하지 않아도 괜찮으니까,
조금 천천히 가도 괜찮으니까.
나는 끝내 해낼 수 있을 것이다.
내가 하고 싶은 모든 일을 행복하게 해낼 것이다."

처음에는 '이게 정말 효과가 있을까?',
'이걸 쓴다고 내 삶이 크게 변할까'
반신반의하는 마음으로 메모장에 끄적였다.

그렇게 하루가 지나고 한 달이 지나면서부터
이 글들은 내 삶에 없어선 안 될 강력한 무기로
변하기 시작했고, 무기력해질 때마다
나를 다시 일으켜 주는 놀라운 주문이 되어갔다.

유튜브를 하겠다고 했을 때 많은 이가 반대했고,
작가가 될 거라 말했을 때 모두가 장난이라 생각했다.
하지만 그때마다 스스로 써둔 주문을 떠올리며
마치 이미 이룬 것처럼 행동했고
끝까지 나 자신을 믿으며 응원해 주었다.
그리고 마침내, 그 믿음은 현실이 되었다.
사실, 램프의 요정 지니가 나타나
바로 소원을 이뤄줄 거라는

그런 판타지는 기대하지 않는다.
모든 성공에서 가장 중요한 것은 나를 믿는 것.
그리고 그다음이 노력,
그다음이 계속 해나가는 것일 테니까.

성공한 사람은 이루기 전에 성공을 소망하며 그리고,
실패하는 사람은 성공한 사람들보다 더 자주
실패를 예상한다고 했다.

이루고 싶은 목표, 변화된 나의 모습을 상상하며
주문을 적어보자.
그리고 그것을 믿고 행동하면 된다.

마치, 이미 이룬 것처럼.

멈춰 있는 게 아니라
나아갈 준비 중이다

스스로 망가지길 바라는 사람은 없다.
단지 상황이, 마음이 아직 준비되지 않았을 뿐.

머리로는 알겠는데 몸이 생각대로
움직이지 않을 때가 있다.
세상에서 내가 제일 게으른 사람인 거 같은데,
그걸 알면서도 마음속 의지는
좀처럼 싹트지 않는다.

이 순간에 잊지 말아야 할 것은
나만큼은 나를 확실히 믿고 기다려 줘야 한다는 거다.

우린 지금껏 많은 사람을 기다려 주고 이해해 주면서
살아왔다.
하지만 정작 나 자신에게는 그 관대함을 보여주지 않고
세상의 잣대들에 맞춰 왜 부족한지만 신경 써왔다.
그렇게 나의 숨이 턱 끝까지 차오른 줄도 모르고
계속해서 달려왔던 거다.

변화의 시기는 불현듯 찾아온다.
그러니 밀어붙이지 말자.

벼랑 끝에서 한발 한발 빠져나오려고 온 힘을 다해
애쓰고 있을 자신을 이제 더는 밀어붙여선 안 된다.

기다려 주자.
멈춰 있음이 아니라 나아갈 준비 중임을,
이 시기가 곧 지나갈 것임을 믿고 천천히 지켜봐주면 된다.

파리 시의 표어 중에 다음과 같은 문장이 있다고 한다.
"파도에 흔들리지만 가라앉지 않는다."

그리고 내 건강한 마음이 찾아오면,
세상에서 가장 환한 웃음으로 따듯하게 맞아주자.

나만큼은 확실히 나를 꼭 믿고 기다려 주는 거다.

나는 꼭 이루고 싶은 일들이 많다.
다만 이따금 마음이 꺾일 때가 있다.

그럴 땐
나를 일으켜 주는 주문을 외우자.

"조금 천천히 가도 괜찮다.
나는 끝내 해낼 수 있을 것이다."

무엇이든
빈틈이 있어야 튼튼하다

마음이 꽉 찬 어른이고 싶었다.
모든 것을 받아들일 줄 알고, 쉽게 흔들리지 않는 사람.
곧은 신념을 지니고 끝까지 나아가는 사람.
하지만 어른이 되어가면 갈수록 오히려 난,
마음에 빈틈이 많은 사람이 되었다.

나는 내가 잘 못 살고 있는 건 아닌가 한탄하며
그 빈틈을 애써 채우려 했고, 숨기기 바빴다.

그러다 보니 오히려 빈틈이 채워지기는커녕
더더욱 커져 버렸고 나 자신을 사랑하는 마음까지
갉아들기 시작했다.

이대로는 도저히 안 되겠다 싶어,
마음을 다잡고 서점에 들러 책을 읽기 시작했다.
그렇게 한참 책들을 뒤적이다 문장 하나를 발견했는데,
지금까지의 내 생각이 얼마나 엉터리 같았는지
알려주는 듯했다.

"무엇이든 틈이 있어야 튼튼하다."

탑을 쌓을 때도 너무 빽빽하거나 오밀조밀하면
비바람을 견디지 못한다는 것이다.
그래서 작은 틈이라도 있어야 쓰러지지 않고
튼튼히 버틴다는 것이었다.
그때 알았다.

어쩌면 이 빈틈이 나를 더 튼튼하게 만들어 줄지 모른다고,
마음이 꽉 차버리면 오히려 새로운 무언가를 얻을 수
없다고.

숨 돌릴 틈이 있어야 살아갈 수 있듯이,
작은 빈틈이 있어야 따듯한 햇살도 우리 마음에
파고들 수 있다.

빈틈은 흠이 아니었다.
오히려 무엇이든 새롭게 채울 수 있는,

작은 비밀공간일 뿐이었다.

삐걱대는 하루 끝
떠올려야 하는 것

가끔 나사 빠진 물건 마냥 삐걱대게 되는 날이 있다.

자신감이란 단어가 이 세상에서 사라진 듯한 느낌이 들 때.
잘 나아가던 길에서 갑자기 방향을 잃는 순간,
차분히 생각해 보자.

우리가 살면서 포기하지 않고 무언가 달성했던 것들.
못 해낼 거라고 생각했는데 결국 해냈던 것들.

'내가 이런 것도 해냈구나!' 싶었던 성과들이 분명
있을 것이다.

그것을 떠올려야 한다.
아무리 작은 성과라도 상관없다.

나도 나에 대한 불신이 생길 때마다 떠올리는 기억이 있다.
그건, 성인이 되고 운전면허를 땄을 때였다.
지금은 아무것도 아닌 일이 되어버렸지만, 그때 나에게는
그 아무것도 아닌 일이 20대의 첫 시작을 알리는
가장 큰 도전이었다.
운전은 어른들만 할 수 있는 멋진 일이라고 여겼던 터라
첫 면허증이 내 지갑에 꽂힌 순간은
형용할 수 없는 아주 특별하고 짜릿한 성취감으로
남아 있다.

그래서 살면서 이따금

'내가 잘할 수 있을까?'라는 생각이 들 때면
처음으로 운전대를 잡았던 날을 떠올려본다.
내가 기억하는 가장 큰 성취의 첫 기억.
그러다 보면 어느새 마음속 삐걱대는 소리는 멈추고
다시 나아갈 자신감이 생겨난다.

정말 사소한 것도 상관없다.
살아오면서 스스로 달성했던 일들을
천천히 꺼내어보면 되는 거다.

달리기 완주가 되었든, 벼락치기로 시험을 잘 봤든,
무엇이든 괜찮다.
자격증을 땄거나, 취직을 한 것도 마찬가지다.
지금은 별것 아니라 생각하는 일들이
그 순간에는 포기하지 않았기에 이룰 수 있었던 것들이다.

자신을 절대 과소평가하지 말자.

삶에서 지금까지 이룬 것들과
앞으로 이룰 것들만 생각하면 된다.

나는 내 생각 그 이상으로 아주 강한 사람이니.

숨 돌릴 틈이 있어야 살아갈 수 있듯이,
작은 빈틈이 있어야 따듯한 햇살도
우리 마음에 파고들 수 있는 것이다.

나를 무기력에서 구해준
루틴 한 가지

한때 달리기나 자전거 같은 강도 높은 운동을
즐겨 하던 시기가 있었다.
강도가 높을수록 오로지 동작에만 집중하게 되어
복잡한 생각을 잠시나마 멈추고, 스트레스를 푸는 데
효과가 좋았기 때문이다.

하지만 어느 시점부터 체력적인 부담이 커졌고
무리한 운동 대신 천천히 걷는 것을 선택했다.

그렇게 한동안 시간이 날 때마다 걷고 또 걸었다.
어느새 산책은 영감을 얻고, 잡념은 떨쳐 버리는
하루의 루틴이자 일상이 되어버렸다.

사실 천천히 걷는 행위 자체로는 예전에 즐겨 하던
운동처럼 스트레스가 한 방에 시원하게 날아가진 않는다.
하지만 분명한 건 걷는 동안 답답했던 마음은 물론
뒤죽박죽 엉켜버린 머릿속이 조금이나마 정리된다는 거다.

무엇보다 한 걸음씩 내디딜 때마다
나 자신과의 진솔한 대화를 할 수 있다는 점이 좋다.
도저히 풀리지 않는 문제를 고민하며 걷다 보면
'담아야 할 것'과 '버려야 할 것'이 무엇인지
스스로 해답을 찾게 되기도 한다.

새로운 시작 앞에 머뭇거리는 마음을 다잡기에도 좋고,
아무런 목적 없이 그냥 걷는 것 자체로도 도움이 된다.

한 바퀴 산책을 마친 후의 나는
걷기 전의 나와는 사뭇 다른 사람이 되어 돌아온다.

나에겐 '걷기'가 그런 것처럼
자신만의 스트레스 해소 방법, 머릿속을 환기하는
루틴 하나쯤은 꼭 마련해 두었으면 좋겠다.

잊을 만하면 찾아오는 우울과 무기력을
담담하게 보내줄 수 있는 든든한 방어막이 되어줄 테니.

반복되는 일상 속 작은 변화 하나가,
우리 삶에 놀라운 일을 만들기도 하니까.

순간의
설렘들을 채우다 보면

먹고살 수 있는 일은 하기 싫고
좋아하는 일은 돈이 안 될 때.

또는 문득 내가 지금 하고 있는 일들이
잠깐의 행복은 줄지언정
내 인생에 크게 도움은 되지 않음을
깨달았을 때.

이 순간엔 나도 모르게 멈칫하게 된다.
그리고 한번 잘해보려고 했던 굳은 다짐이
마음에 무거운 짐으로 되어버린다.

행복하게 하고 싶은 일을 즐기는 것이 아니라,
마치 그 일에 갇혀버린 노예가 된 기분이 든다.

그때부터였을까.
'카르페디엠'이라는 단어가 내게 새롭게 다가왔다.

'반드시 성공해야 해. 부족하지 않게 돈을 벌어야 해.'
하는 무거운 다짐이 아닌,
'지금 이 순간을 즐겨라. 현재에 집중하라'라는 말.

무엇을 꼭 '해내야 해'가 아니라 그냥 '가볍게 해보자'
하는 거다.
그것이 나를 즐겁고 설레게 한다면 그거면 된다.

인생은 순간순간의 설렘들로 채워가도 충분하다.

지금, 이 순간을 온전히 만끽하다 보면
어느새 삶이 나를 원하는 방향으로 자연스럽게
이끌어줄 테니까.

소박하지만 소중하게,
오늘도 Carpe Diem.

슬럼프에
마침표를 찍던 날

첫 에세이를 준비하면서 내 글에 대한 자신감이 떨어지며
슬럼프에 빠진 적이 있다.

내가 과연 글을 쓸 자격이 있나?
글쓰기를 제대로 배운 적도 없는데 이렇게 책을 내도
괜찮은 건가?

그렇게 한 꼭지 한 꼭지 써가던 나의 집필은

한동안 멈췄고,
출판사와 약속한 마감은 왜 그리도 빨리 다가오는지.
그렇다고 억지 글은 쓰고 싶지 않았다.
차라리 나의 이런 상태를 솔직히 고백하면 했지,
그럴 순 없었다.

그렇게 며칠을 노트북을 들고 카페에 앉아 별 소득 없이
글을 쓰고 지우기를 수없이 반복했다.
글이 너무 좋고 미치도록 잘 쓰고 싶은데
마음대로 움직여지지 않는 손가락이 너무 야속했다.

그러다 안 되겠다 싶어 무작정 검색창에
'글 잘 쓰는 법'이라고 쳤다.
약속에 책임은 져야 하기에 나름 최후의 수단이었다.

이리저리 화면에 뜬 내용들을 보며 스크롤을 내리다가
검은 배경에 흰 글씨로 되어 있는 아주 단순한 이미지

하나를 발견했다. 그 내용은 이러했다.

"사람들은 굳이 '글을 잘 쓰는 사람'과 '글을 못 쓰는 사람'
으로 구분해서 말하고 있다. 하지만 세상에는
'글을 쓰는 사람'과 '글을 쓰지 않는 사람'만 있을 뿐이다."

강원국 작가님의 글이었다.
나도 모르게 '미친, 이거잖아'라고 육성이 터졌고
온몸에 전율이 느껴졌다.

그리고 바로 뒤 이어진 문장이 나의 슬럼프에
마침표를 찍게 했다.
글을 쓰는 사람은 완벽한 글을 쓰겠다는 생각을
버려야 한다고, 글쓰기에는 완벽함이란 없으며
오직 '쓰는 사람의 향기'만 있을 뿐이라 했다.

심장이 뛰기 시작했다.

두근거린다는 표현을 온몸으로 느끼는 건 처음이었다.
생각해 보니 즐겨 보던 오디션 프로그램도 그러했다.

그 속엔 노래를 잘 부르는 사람이 너무나도 많다.
높은 고음을 잘 내는 사람, 섬세한 기교를 가진 사람.
유명한 대학에서 음악을 전공한 사람까지.
하지만 그 모두가 합격하거나 유명해지진 못한다.
오히려 통기타 하나 들고 자신만의 개성을 살려
진심으로 부르는 이에게 합격의 기회와 대중의 사랑이
주어졌다.

어쩌면 이런 경우 역시도,
목소리에 그 사람만의 향기가 존재하기 때문 아닐까.
거짓 없는 진심이 모든 걸 결정한다고 생각한다.

사람의 마음을 움직이는 건
화려하거나 완벽한 것이 아니라 각자가 지닌

고유의 향기였다.

어떤 일이든 완벽하게 해내려고 지나치게 애쓰지 말자.
오직 나만이 소유하고 표현할 수 있는 나의 진심,
나만의 향기가 담겨 있다면 그걸로 충분하다.

마음 방어력 높이기 1.

○ 무기력 긴급 처방전

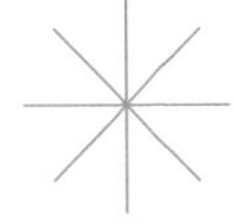

무기력이 찾아올 때 보통 어떻게 하고 있나요? 마음이 가라앉을 기미가 보이면 빨리 다음 페이지의 행동들을 해보세요. 무기력이 찾아오는 걸 막을 수는 없지만 오래 방치하지 않도록 할 수는 있거든요.

하나. 무기력을 통제하려 하지 말자.

결국, 다시 돌아오고 또 금방 지나가는 게 무기력이다.

둘. 자책하지 말자.

무기력은 잘못이 아니라 이따금 찾아오는 아주 자연스러운 또 하나의 감정이라는 것을 기억해야 한다.

셋. 누워만 있지 말고 당장 몸을 움직이자.

단 한 번의 운동으로도 도파민과 세로토닌이 분비되어 즉각적으로 기분이 좋아지는 효과가 나타난다.

넷. 어떤 방법으로든 뱉어내야 한다.

혼자서 이겨내려 하기보다 어딘가에 나의 마음을 토로해야 한다. 글을 쓰거나, 상담을 통한 소통 또한 하나의 방법이다.

다섯. 한 가지라도 확실한 루틴을 만들자.

기분에 따라 움직이는 게 아닌, 꼭 할 수밖에 없는
확실한 루틴을 만들자.
처음은 힘들어도 점차 그것이 무기력한 일상에
활력을 되찾아주는 요소가 될 것이다.

아무것도 아니라 생각하면
아무것도 아닐 수 있다

드라마 〈나의 아저씨〉에서
남자 주인공인 박동훈이 여자 주인공 지안에게
하는 대사 중 내가 가장 좋아하는 대사가 있다.

"네가 대수롭지 않게 받아들이면
남들도 대수롭지 않게 생각해.
네가 아무것도 아니라 생각하면,
아무것도 아닌 거야."

마치 지난날의 나에게 해주는 말 같아서
더욱 애틋하게 느껴진다.

사실 난 대학을 다니다가 중간에 그만둬서
최종학력이 고졸이다.
그만둘 당시에는 멋모르고 마냥 철없이 살았지만,
내가 나를 책임져야 할 나이가 되어가면서부터
고졸이라는 타이틀은 때때로 인생을 방해하곤 했다.

내가 원하는 조건의 직장에 지원조차 할 수 없었을 때,
순간 큰 돌덩이 하나가 내 발을 짓눌러
어디로도 못 가게 나를 잡아 세운 듯했다.

생전 없던 자격지심이 생기기 시작했고,
번듯한 직장에 다니는 내 또래의 사람들을 볼 때면
열등감으로 가득 차
애먼 사회를 탓하기도 했다.

지금 와서 생각해 보면 그건 누가 나에게 시킨 것도
강요한 것도 아니었다.
오롯이 나 스스로 선택한 행동의 결과였을 뿐.

모든 일이 그렇다.

염세주의에 빠져 나를 불행으로만 바라본다면,
난 누구에게나 불행한 사람일 수밖에 없다.
하지만 나 스스로 심각하게 받아들이지 않는다면,
그 누구도 날 심각하게 생각하지 않을 거다.

내가 어떻게 받아들이느냐에 따라
생각도 마음도 변한다.

아무것도 아니라 생각하면,
아무것도 아닐 수 있는 것처럼.

무기력이
찾아오는 날이면

무기력이 찾아오는 날은 아무것도 하고 싶지 않다.
무언가 하려 해도 집중이 안 되고 오히려 짜증만 난다.

그런데 막상 아무것도 하지 않고 집에만 있다 보면
결국 그런 자신의 모습이 더 마음에 안 들어 괴롭다.
그렇지 않은가?

나는 이런 상황이 오래 되풀이되면 큰일 나겠다는

직감이 왔고,
위험을 감지하며 필사적으로 벗어나려 노력했다.
길을 잃어야 탈출구를 만든다고,
다행히 빠르게 나만의 탈출구를 만들어내
바로 실행에 옮겼다.

그건, 나만의 시간을 갖는 것이었다.

일단 혼자 조용한 카페로 가서 노트를 펼쳐
아무거나 적어나갔다.
처음에는 집중이 잘 안 되고 무얼 해야 할지 막막했다.
하지만 차츰 시간이 흐르면서 머리가 회전하기 시작했고,
버려야 할 생각들이 정리되면서 생산적인 일들이
마구 떠올랐다.

가장 중요한 건 일상의 모든 유혹들이
나를 간섭하지 않는 유일한 곳을 찾아가야 한다는 것이다.

그리고 온전히 나에게 집중하며 나만의 시간을 갖는 것.

누군가에게는 조용한 카페가 될 수도 있고,
누군가에게는 한적한 공원이 될 수도 있다.
어디로 가든 무엇을 하든 정해진 건 아무것도 없다.

그냥 그렇게 천천히 나만의 시간을 가지다 보면
길을 잃을 때마다 탈출구를 하나씩 만들어낼 거고
무기력이 두렵지 않은 존재로 변해갈 것이다.

그 누구도, 그 무엇도 방해되지 않는 곳이면 된다.
그렇게 온전히 나에게 집중하는 시간을
꼭 가져보길 바란다.

내가 어떻게 받아들이느냐에 따라
생각도 마음도 변한다.

아무것도 아니라 생각하면,
아무것도 아닐 수 있는 것처럼.

놀라운
5초의 법칙

프리랜서가 된 후로
'이러면 안 되는데' 하는 순간이 너무 잦아지기 시작했다.

이유는 여러 가지겠지만, 그중에서도
하루의 절반 이상을 의미 없이 낭비했을 때 더욱 그랬다.
유튜브를 멈추지 않고 계속 본다든가
인스타그램 피드를 영혼 없이 반복해서 내리고 있는 내가
문득 한심하게 느껴지는 순간이 밀려오는 것이다.

나는 이 모든 것을 한 번에 끊을 수 없는 인간이라
나를 통제해 줄 수 있는 대책이 간절히 필요했다.

이것저것 방법들을 시도해 보면서
나에게 맞는 최선의 대책을 찾기 시작했고,
그러다 예전에 읽었던 《5초의 법칙》이라는 책이
생각났다. 내용 중 이런 글이 있었다.

"생각하려고 동작을 멈추는 대신
몸을 움직일 때 생리적인 변화가 일어나고
머릿속에서도 이런 변화에 동조하게 된다."

즉 나에게 합리화할 시간을 주지 말고 손가락을 접으면서
'5, 4, 3, 2, 1'을 외치고 바로 생산적인 행동을 하면
자연스럽게 뇌가 우리의 몸을 움직이게 도와준다는
내용이었다.

더는 멍청한 날들을 보내기 싫었던 나는,
그것을 바로 실행에 옮겼다.

무기력이 꿈틀대기 시작하는 순간마다 손가락을 접으며
속으로 "멈춰"를 외쳤고, 곧바로 몸을 일으켜 세웠다.
그 후에 청소나 운동 같은 행동을 취하기 시작했다.
결과는 너무 대만족이었고,
지금까지 나의 무기력 통제를 담당하는 주문이 되었다.

자신을 통제하는 삶을 사는 사람과 그렇지 않은 사람의
인생의 만족도는 아주 크게 달라진다.
하루하루를 의미 없이 보내지 않으려 노력하는 사람은
좀 더 행복에 가닿는 삶을 보낼 수 있다.

나를 통제할 수 있을 때
비로소 삶의 큰 변화는 일어난다.

무기력하다고 해서 합리화에 여지를 주지 말자.

멈춰야 할 때는 확실히 멈춰야 한다.

5, 4, 3, 2, 1.

마음에도
공기 청정기가 필요하다

무기력이 찾아올 때마다
참 여러 다양한 방법으로 이겨내려 노력한다.
나름 자신만의 방법을 찾아내고 그게 도움이 되면
곧잘 무기력에서 벗어나기도 한다.

하지만 문제는 무기력이 올 때마다
번번히 극복해내기란 쉽지 않다는 거다.
어느 날은 물 마시기도 귀찮을 정도로 무기력하고,

또 어떤 날은 '내일이 없었으면 좋겠다'라며
정신적으로 버티기 힘든 상태까지 다다른다.
이런 시기를 극복하려면 꽤 많은 시간을
들여야 할지 모른다.

한때 밀려오는 무기력에 통째로 휩쓸리며
삶의 질이 급격히 떨어진 때가 있었다.
심한 날이면 숨도 제대로 쉬어지지 않을 만큼
답답함을 느꼈다.
그러던 어느 날 우연히 친구에게 전화 한 통이 왔다.

평소 같았으면 무기력한 내 일상이 한심해
약속을 나가는 것조차 죄책감이 들어 나가지 않았을 텐데,
진짜 몇 없는 친한 친구의 부탁이라
'잠시 나갔다 오자'라는 가벼운 마음으로 나가게 되었다.

그런데 생각과는 달리 몇 시간 동안 이야기를 나누고

밥을 먹으면서도 우리의 대화가 멈추지 않았다.
무작정 코인 노래방에도 들러 노래를 쉴 새 없이 불렀더니
어느새 그 어떤 고민도 없는 상태로 빠져버렸다.

그렇게 온몸이 녹초가 된 상태로 집에 들어와
씻고 침대에 누웠는데, 불과 몇 시간 전의 나와는
완전 다른 세상의 사람이 되어 있다.

마치 몸속에 있던 불순물이 필터에 걸러지듯
마음과 정신이 아주 투명하고 맑아진 것이다.

그때 느꼈다.
무기력의 원인이 힘든 상황이나 감정 문제에
있지 않을 수 있다는 걸. 컨디션 조절만으로도
못되고 힘든 감정이 단숨에 괜찮아질 수 있다는 걸.
그리고 그 조절에 가장 적합한 건
스트레스를 푸는 것이었다.

스트레스를 피하거나 막는 것은
안타깝게도 쉽지 않은 일이다.
하지만 스트레스를 해소하는 방법은
우리가 실천하지 않을 뿐, 아주 쉽게 찾아낼 수 있다.

마음의 불순물이 빠져나갈 배출구가 필요하다.
그리고 그 배출 시간을 정하는 것 역시 중요하다.
답답한 감정들이 쌓여 막혀버리기 전에
미리미리 깔끔하게 처리해 주는 행동이 결국,
무기력을 약한 존재로 만드는 게 아닐까.

컨디션이 무너지지 않도록,
무기력이 강해지지 않도록,

삶에도 환기와 정화는 꼭 필요하다.

감정에는
예보가 없다

기분이 태도가 되지 않게 마음을 차분히 가지며
살아가려 해도, 언제 그랬냐는 듯
이내 좋지 않은 기분이 태도로 돌변해버려
상대방에게 뜻하지 않게 상처를 주기도 한다.

사람의 감정은 마치 날씨와 같아
언제 어떻게 바뀌어버릴지 나 자신도 알 수가 없다.
날씨에는 일기예보라도 있지만,

감정에는 그마저도 존재하지 않기 때문이다.

그렇기에 기분이 태도가 되지 않도록이 아니라,
태도가 기분을 조절할 수 있도록 평소 나의 태도에
관심을 둬야겠다고 생각했다.

예전에, 서비스직으로 일할 때였다.
그날 아침부터 진상 고객을 만나 내 기분은
최악으로 치달았고, 다른 고객들을 응대할 때마저
감정이 잘 숨겨지지 않았다.
그러다 보니 그들도 인상을 찌푸리며 유쾌하지 않은
기분으로 돌아갔고, 그 모습을 보면서
감정 하나 제어하지 못하는 나 자신에게 더 화가 났다.

그때, 한 손님이 친절하게 웃으며 나에게 뭔가를 문의했다.
그 순간 나도 모르게 감정이 수그러들면서 함께
미소 짓게 되었다. 마치 누가 소화기로

타오르던 나의 화를 한 번에 꺼버린 것처럼
안 좋았던 감정이 순식간에 진화된 것이다.

난 분명 다른 사람들에게처럼 똑같은 응대를 했는데,
왜 유독 그분만 나에게 미소를 보였을까.

지금 생각해 보면 그분도 나의 응대에 화가 났을지 모른다.
하지만 그 상황에서 불씨를 더 키워봤자 안 좋을 것임을
알고 유연한 태도로 미리 차단해 버렸던 건 아닐까.

감정이 발생하는 건
내가 조절할 수 있는 영역 밖의 일이다.
하지만 그 감정을 그대로 드러낼지의 결정은
오직 나에게 달려 있다. 그러니
애초에 관대한 태도를 습관으로 만드는 게 중요하다.

감정에는 예보가 없다.

기분이 태도가 되는 건 줄일 수는 있겠지만
아예 막을 수는 없다.
다만, 나의 태도를 유연하게 바꿈으로써
감정의 소나기에 휘말리는 일은 막을 수 있다.

유연한 태도를 조금씩 내 것으로 만들어 버리자.
비좁았던 마음 안에
나의 감정과 상대방의 감정을 동시에 담을 수 있는
여유가 생겨날 테니.

무기력의 원인은
힘든 상황이나 감정 문제에
있지 않을 수도 있다.
컨디션 조절만으로도
못되고 힘든 감정이
단숨에 괜찮아질 수도 있다.

나를 지키는 연습

누군가 나에게 "요즘 힘들어?"라고 물을 때
아무렇지 않게 "힘들어"라고 말할 수 있었으면 좋겠다.
분하고 억울한 일이 닥쳤을 때 더는 눈치 보지 않고
마음껏 욕도 하고 실컷 울어도 보았으면 좋겠다.
살아가다 마음이 너무 지칠 때면,
과감히 포기할 수 있는 용기도 가끔 생겼으면 좋겠다.

매번 그랬다.

힘들어도 참아내는 게 나를 위함이고,
남을 위함이라 생각했다.

괜히 의지 없는 사람처럼 보일까 두려웠고,
스스로 약함을 인정하는 게 그만큼 또 싫었나 보다.
아니, 사실 굳이 말하지 않아도
나의 힘듦을 알아차려 주길 간절히 바랐는지 모른다.

처음에는 어려웠다. 나의 고민과 걱정을 털어놓는 것이
혹여나 부정의 기운을 전하는 것은 아닐까 고민이 되었다.
하지만 생각과 달리 정반대의 일이 일어났다.

나의 아픔을 이야기하자 상대방의 아픔이 들려왔다.
그렇게 우린 마치 기다렸다는 듯 서로의 아픔을 마주하며
위안을 받고 공감을 나누는 아이러니한 일이 일어났다.

우리에게는 연습이 필요하다.

마냥 숨어서 힘들어하는 것이 아니라

힘들 때면 '힘들어'라고 누군가에게 알려야 한다.

누가 알아주기를 바라며 기다리는 게 아니라,

내가 먼저 다가서야만 나를 무너지지 않게 지켜낼 수 있다.

힘들려고 살아가는 사람은 없다.

살아가다 보니 힘들고 지칠 뿐.

힘들다는 건 우리의 잘못만은 아니다.

진짜 잘못은

나조차 나를 포기할 때 그 순간,

시작되는 거다.

쉬워지기 전이
가장 어려웠다

모든 일에는 타이밍이 있다.
특히 어렵기만 했던 일이 쉬워지는 것에도 타이밍이 있다.

정확히 3년 전, 퇴사 후 유튜브를 시작하겠다고 마음먹고,
나 자신에게 딱 6개월의 시간을 준 적이 있다.
만약 그 시간 안에 약간의 가능성도 보이지 않는다면
과감히 그만두고 다시 직장을 다니자고.

유튜브는 단 한 번도 시도해 본 적이 없었기에
시작점부터 꽉 막혀 버렸다.
편집, 녹음, 장비 등 모든 게 처음이었던 난
며칠 지나지 않아 급격히 무기력해졌고,
역시 아무나 하는 것이 아닌가, 하며
포기하는 쪽으로 점점 마음이 기울기도 했다.

예상은 했지만,
정말이지 이 정도로 어려울 거라 상상하진 못했다.

그러나 왠지 이번만큼은 백기를 들고 싶진 않았다.
'온 힘을 다해 노력하지 않아서 그래!'라는 구차한 변명은
더는 하고 싶지 않았다.

한 달간 밤낮으로 특훈에 들어갔고
영상제작에 필요한 기초부터 기본기를 익히기 시작했다.
그리고 대망의 첫 영상을 올리는 감격의 순간이 왔다.

그 결과는? 조회 수 30. 역시나 엉망이었다.

그런데 이상하게도 예전만큼의 좌절감이나 우울감은
찾아오지 않았고, 오히려 그다음이 궁금해졌다.
앞으로 만들어 나갈 영상이 기대될 뿐이었다.

그 후로도 내 영상은 사람들의 시선을
크게 사로잡진 못했지만, 하루하루 구독자는 늘어났고
영상의 퀄리티도 발전해 감을 체감했다.

모든 일은 쉬워지기 전이 가장 어려운 것이 맞았다.

그 당시의 나는 이 말의 의미를 정확히 이해하진 못했지만,
직접 부닥쳐 경험해 보니 무엇보다 강한 울림이 담긴
말이었음을 이젠 안다.

《시간이 멈춘 자리에서》라는 책에 이런 말이 있다.

"삶이 열려 있음을 아는 것,
다음 산을 넘으면, 다음 골목으로 접어들면,
아직 알지 못하는 지평이 놓여 있으리라는 기대는
우리를 행복하게 한다."

동트기 전 새벽이 가장 어둡고 추운 법이다.
그러나 아직 아침이 오지 않았을 뿐,
우리의 삶은 곧 환하게 밝아온다.

후회 없이 해 봐야 한다.
아침이 올 때까지만, 딱 그때까지.
한번 해보는 거다.

마음 방어력 높이기 2.

○ '충분히 잘하고 있는 나' 리스트

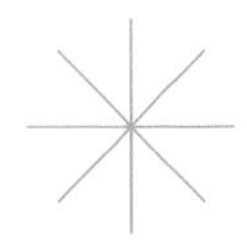

바쁘게 일상을 지내다 보면 정작 중요한 나 자신을 놓치며 살아가게 됩니다.
충분히 잘하고 있는데도 부족한 건 아닌지 불안하기만 합니다.
누구보다 열심히 살고 있는 나 자신은 뒤로하고
나 이외의 것들에만 관심을 두진 않았나요?
나를 챙길 수 있는 건 오직 나 자신뿐임을 기억해야 합니다.

최근에 나를 진심으로 알아준 적이 몇 번이나 있었나요? 한번 다음처럼 적어보세요. 대단하지 않은 작은 일이어도 괜찮습니다.

예시:

1. 건강을 위해 영양제를 챙겨 먹는 나
2. 일주일에 한 시간이라도 온전히 나를 위한 시간을 보내는 나
3. 명상을 통해 마음의 불안을 잠재워주는 나
4. 한 달에 한 번 수고한 나를 위해 작은 보상이라도 해주는 나

'내가 이건 잘하지' 하는 일들이 있나요? 떠올리는 것만으로도 아마 자신감이 서서히 차오를 것입니다.

02

작은 움직임부터 하나씩

지금
이어야만

'과거를 되돌릴 수 있다면 어떨까' 하고
되묻게 되는 날이 종종 있었다.
20대의 나라면 당장 돌아가 더 멋지게 살고 싶다는
생각을 단연코 했을 거다.
하지만 어느덧 30대 후반을 넘어서 버린 나는,
조금은 다른 의미를 생각하게 되었다.

그때였기에 가능했던 일들과

그때이기에 만날 수 있었던 인연이 있다는 것.
시간이 지나 뒤돌아보면 결국은 그때 그 시절이
나에게 가장 어울렸던 한 폭의 그림 같은 시절이었다.

이것을 현재로 돌아와 생각해 본다면,
우리에게는 지금이어야만 할 수 있는 것들이 있다.

지금이어야만 볼 수 있는 풍경,
지금이어야만 할 수 있는 도전,
지금이어야만 전할 수 있는 사랑,
지금이어야만 가질 수 있는 여유.

두 번의 삶이 없듯,
이미 지나버린 시간도 돌아오진 못한다.
비록 작디작은 삶이라 생각이 들 때도 있겠지만,
사실 당신의 모든 하루는 절대 돌아올 수 없는
한정판이었던 거다.

과거와 미래는 깔끔히 지워버려도 좋다.
다만, 지금이어야만 할 수 있는 것들을 하며 살아가자.

숨을 쉬고 있는 오직 지금만이,
당신이 살아가야 할 진짜 삶이기 때문이다.

자신감을 키우는
유일한 방법

"사람은 스스로 믿는 대로 된다."

안톤 체홉의 이 말에는 힘이 있다.

자존감이 내 삶을 보호하고 지켜주는 방어력이라면
자신감은 내 삶을 변화시키는 아주 강력한 공격력이
아닐까.

자신감은 무엇보다 작은 성취에서 시작한다고 생각한다.

아무리 소소한 일이라도 하나씩 성공시키다 보면
조금씩 나도 할 수 있는 사람이라는 용기가 붙고,
한번 실력이 오르기 시작하면 무서운 속도로
성장하게 된다.
그렇게 작은 성취 하나하나가 쌓이다 보면
자신감이 배로 불어나 전에는 엄두도 못 내었을
원대한 꿈까지 꾸게 되는 거다.

그 뒤로는 지금까지 올려놓은 실력과 자신감을
유지하는 것이 중요하다.

가끔은 의욕이 없고, 때로는 좌절할지라도,
그 실패에서 뭔가를 배울 수 있다면
그래서 같은 잘못을 반복하지 않는다면
그걸로 이미 무기력에서 한 걸음 더 나아간 것 아닐까.

이룬 나만큼이나 이루지 못한 나도
자랑스러워하는 마음.
잠시 멈출지언정 물러서지 않는 마음.

기억해야 할 것은 사실 이 두 가지였다.

“세상의 유일한 기쁨은 시작하는 것”이라고 했다.

의욕이 없을 때 그렇다고 아무것도 하지 않으면
자신감은 더욱더 떨어지고 만다.

아침에 일어나서 이부자리 정리하기,
팔굽혀펴기 5개 하기,
하루에 책 한 페이지 읽기…

무엇이 되었든 작은 성취를 하나라도 이뤘다면,
그다음 스텝은 자동으로 진행될 확률이 높을 거다.

그동안 숨어 있던 자신감을 조금씩 꺼내보자.

작은 도전이라도 출발만 하면 된다.

딱, 한 스텝.

그 한 발이 자신감의 시작이며,

잠재의식을 깨우는 아주 우렁찬 총성이 될 테니까.

우리에게는 지금이어야만 할 수 있는
것들이 있다.

지금이어야만 볼 수 있는 풍경,
지금이어야만 할 수 있는 도전,
지금이어야만 전할 수 있는 사랑,
지금이어야만 가질 수 있는 여유.

완벽한 때란
오지 않는다

조금만 더 여유가 생기면, 조금만 더 괜찮아지면,
그 '조금만 더'를 외치며 살다 보니 참으로 많은 걸 놓쳤다.

바쁜 일 좀 해결하면, 돈 좀 모으면,
준비가 어느 정도 되면, 그때.
가장 이상적인 조건, 아름다운 만남, 자랑할 만한 큰 기회.
이런 완벽함이 가득한 일들을 하염없이 기다렸다.
하지만 살면서 언제도 완벽한 적은 없었다.

이 공식을 깨달은 후로 난 최대한 미루지도,
그 '때'를 기다리지도 않았다.
하고 싶은 일이 있으면 빠르게 시작했고,
그 순간을 최대한 즐기며
행복을 다음으로 미루지 않게 되었다.

무언가를 시작하기에 적절한 때도 완벽한 때도 없다.
시작해야만 부족함이 보이고 그것들을 수정해 나갈 수 있는 거다.
그렇게 조금씩 수정하고 발전해 나가다 보면,
정말 자신이 원하는 것을 만들 수도, 만날 수도 있다.

완벽함이란 기다리는 것이 아니라
조금씩 채워가는 것이 아닐까.

비교하지 말자,
어차피 주연은 나니까

우린 끊임없이 남과 나를 비교하고
때때로 열등감을 느끼며 살아간다.

사람의 욕심이 참 신기한 게
자신이 부러워했던 사람의 위치까지
힘들게 올라섰다 해도,
금방 또 다른 누군가의
행복을 바라보며 부러워한다는 거다.

사실, 처음부터 비교 그 자체가 큰 의미가 없다.

왜냐하면 다른 사람의 속마음을
그 누구도 알 수 없기 때문이다.
그의 머릿속에 들어가 보지 않는 한
지금의 삶이 진정으로 행복한지 아닌지는
당사자만 알 수 있으니까.

행복도 불행도 오직 각자의 몫일 뿐이다.
나의 질투가 그를 더 행복하게 만드는 것도 아니고,
그의 불행이 나를 더 행복하게 만드는 것도 아니다.

보여지는 모습이 전부가 아니라는 것.
그 이상도 그 이하도 아님을 왜 자꾸만 잊는 걸까.

우리는 각자의 자리에서
각자의 행복을 만들어가야 한다.

그 어떤 누구도 아닌 나만이 할 수 있고,
나이기에 가능한 삶.
그게 진짜 성공이고 행복이지 않을까.

내 세상의 주연은 나인데,
왜 굳이 조연의 삶을 쫓으려 하는 걸까.

누군가의 하이라이트는 이젠 그만 바라보고,
시선을 돌려 나만의 하이라이트를 찾아가자.

무언가를 시작하기에
적절한 때도 완벽한 때도 없다.
완벽함이란 기다리는 것이 아니라
조금씩 채워가는 것이 아닐까.

시작이
어렵지 않은 사람은 없다

처음으로 이력서를 쓰고 면접을 보던 날,
이제껏 경험하지 못했던 떨림과 두려움을
느꼈던 기억이 난다.

면접이라는 것을 생전 처음 접했기에
떨리고 두려운 게 당연했다.
그 후로도 면접 때마다 떨리는 건 마찬가지였다.
하지만 한 번 겪고 나니 적어도

막연히 무섭거나 두렵진 않았다.

처음이 어렵고 쉽지 않은 것은 당신 혼자만이 아니다.
누구나 그렇다.
그리고 많이들 간과하는데, 막상 용기 내어 부딪쳐 보면
생각보다 별것 아닐 때가 많다.

화가 반 고흐도 다음과 같이 얘기한 바 있다.
"사람을 바보처럼 노려보는 텅 빈 캔버스를 마주할 때면,
그 위에 무엇이든 그려야 한다."

처음으로 집을 떠나 독립했을 때,
두근거리는 마음으로 회사에 첫 출근했을 때,
혼자 여행을 떠났을 때…
우리의 첫 시작은 언제나 어려웠다.

하지만 그 새로운 시작들이 없었다면,

지금까지도 발전 없이 제자리에 멈춰 서 있었을 거다.

세상은 빠르게 바뀌고 사람들의 생각 또한 항상 변한다.
지구상에 멈춰 있는 것은 거의 없으며,
모든 것이 계속해서 새롭게 나아가고 있다.

물도 한곳에 고이면 생기를 잃고 썩어버리듯이,
천천히라도 계속 흘러가야 물의 근본을 유지할 수 있다.

만약, 지금 당신이 좀 더 나은 삶을 원한다면
내가 말해줄 수 있는 건 이것밖에 없을 것 같다.

두려워하지 않는 것.
자신을 믿는 것.
그리고 시작하는 것.

결과는 그 어떤 것보다 정직하다

안 될 거라고 생각했던 일을
누군가 보란 듯이 해낼 때가 있다.
놀랍기도 하고 질투가 나기도 하는 한편
그 사람이 특별하기에 가능했던 거라
억지 위안을 삼기도 한다.

무엇보다 나의 실패는 단지 운이 나빴을 뿐이고,
타이밍이 좋지 않았다며 촌스러운 변명까지 늘어놓는다.

자신과의 타협은 너무 쉽고, 합리화 또한
그리 어렵지 않기에 우린 계속 핑계를 대고
변명을 늘어놓게 되는 것 아닐까.

이미 알고 있겠지만,
그 사람의 결과는 그 사람이 특별했기 때문이 아니다.
단지 무수히 쏟아지는 불확실성을 견디고 피하며
가능성 하나를 믿고 나아간 투지로 이뤄낸 결과이다.

누군가의 성공을 운으로 판단하거나,
재능이 뛰어나서라고 단정 지으며
나의 부족함을 가리려 아무리 안간힘을 써도
바뀌는 것은 없을 것이다.

천재는 '사람'이 아니라 '상태'라는 말이 있다.
그만큼 우린 누구나 특별함을 가질 수 있고,
누구보다 뛰어난 재능을 발휘할 수 있다.

변명을 멈추고 가능성을 좇아보자.
그리고 우리 안에 있는
아직 켜지지 않은 불빛을 찾아내자.

불확실하다는 건 확률이 적다는 게 아니라,
그만큼 가능성이 아직 남아 있다는 거니까.

마음 방어력 높이기 3.

○ 내가 정말 하고 싶은 것은 뭘까?

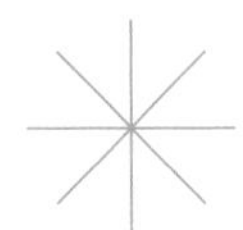

때론 '해야 할 일'이 아닌 '하고 싶은 일'에 나의 시간과 에너지를 집중해 보세요.
어쩌면 삶의 새로운 페이지가 열릴 수도 있으니까요.

다음의 질문들을 자신에게 한번 해 보세요.

예시:

1. 최근에 뭘 할 때 가장 큰 즐거움을 느꼈나요?
2. 생각만 하고 언젠가 하려고 미뤄놓은 일은 무엇인가요?
3. 오늘 하루 핸드폰 없이 살아야 한다면 무엇을 먼저
   하고 싶나요?
4. 나에게 주고 싶은 선물이 있다면?
5. 정말 하기 싫은 일은 무엇인가요?

'다음에' 말고 '지금 당장' 해 볼 수 있는 일이 있다면,
시작하길 바랍니다.
우리 삶에 완벽한 때란 오지 않을 수도 있기 때문입니다.

지금 가장 당신의 마음을 움직이는 것은 무엇인가요?

마음이 가벼워야 움직일 수 있다

남들에게 좋은 모습으로 보일 것만 따라 다니다 보니
어느새 욕심이 덕지덕지 몸에 붙기 시작했고,
마치 무거운 돌 자루를 메고 다니는 기분까지 든 적 있다.

불안이 나를 붙잡아서일까,
앞으로 나아가지도 못할 만큼 지쳐버렸음에도
나의 욕심은 오히려 부족하다며
더 많은 것을 담으려 또 다른 욕심을 내기 시작했다.

꽉 차버린 욕심들은 서로를 밀치며 부딪치기 시작했고,
그것들이 내 삶을 방해하는 걸림돌이 되어버리는
일도 많았다.

아마 누구나 한 번쯤 부질없는 욕심에 의해
삶의 불황을 겪은 적 있을 것이다.
그리고 또다시 같은 실수를 반복하는 일도 있었을 거다.

사실, 욕심을 내려놓기란 참 쉽지 않다.
다른 이들이 나아가는 속도에 애가 탈 거고,
불투명한 나의 미래는 불안을 키울 수밖에 없기 때문이다.

그럴 때 나는,
모든 것을 내려놓기보다 '하나의 욕심'에 집중하기로 했다.
지금 욕심내고 있는 것들을 빈 종이에 써보며
나에게 가장 필요한 욕심이 무엇인지 찾아보고
그것에만 초점을 맞춰보기로 했다.

지금 할 수 있는 일, 지금 갈 수 있는 곳까지만
일단 움직여 보았으면 한다.
나를 옭매고 있는 짐들을 조금씩 버리며
가장 먼저 해야 할 우선순위를 찾아보면 어떨까 한다.

마음이 가벼워야만 움직임의 여유가 생긴다.
허영으로 이루어진 무의미한 욕심들은 버리고,
지금 당신에게 가장 중요한 욕심만을 좇아보길 바란다.

마음이 자유로울 때
비로소 우리 삶에 가장 소중한 것을
찾고, 깨달으며, 새롭게 시작할 수 있다.

해야 할 것이 아닌
하지 말아야 할 것부터

머릿속엔 해야 할 것들이 산더미로 쌓여 있는데
정작 내 몸은 그것을 해내지 못하는 상황일 때.

무엇부터 시작해야 할지 감이 안 잡히고 마음만 불안하고
급해졌다. 하루의 시간을 아무런 의미 없이 낭비하니
무기력만 나를 반겨왔다.

사실 이럴 땐 지금 나에게 중요한 우선순위를 떠올려보고

그것에 집중하면 그만이었다.
평소엔 그러면 어느 정도 불안했던 마음이 잡혔는데,
이번엔 조금 달랐다.
우선으로 해야 할 일들을 떠올리며 움직여 봐도
무기력이 떨쳐지지 않았다.

이상했다. 뭐가 문제였을까?
문제를 파악하려 천천히 하루의 패턴을 되돌아보았다.
아주 사소한 것부터 하나하나 아침부터 저녁까지의 일들을
천천히 복기하다 보니
내가 놓치고 있던 것들이 보였다.

내가 놓치고 있었던 건 다름 아닌,
'하지 말아야 할 것들'이었다.
지금껏 난, 우선순위에 따라 지금 당장 해야 할 일들에만
집착했지 정작 하지 말아야 할 일에 대해서는
신경을 쓰지 않았던 거다.

To Do List가 아닌 Not To Do List가 필요했다.

아침에 눈 뜨자마자 누워서 핸드폰을 보는 시간.
식사 후 TV를 보거나 인스타그램 피드에 빠져드는 시간.
마음먹고 노트북으로 업무를 하려다
쇼핑이나 유튜브 시청에 허비하는 시간.

이것들을 제외하고도 허투루 낭비하는 시간이
너무도 많았다.

하루에 쏟을 수 있는 집중력은 정해져 있는데
해야 할 일이 아닌 하지 말아야 할 일들에 에너지를
다 써버리니, 정작 내가 필요로 할 땐 원하는 텐션이
나오지 못했던 거다.

나를 방해하는 장애물에서 조금씩 탈출해야 했다.
하지 말아야 할 일들을 체크해 나가며

천천히 줄여가야 했다.

일어나자마자 핸드폰을 보는 습관은,
일어나서 바로 양치하는 습관부터 잡아가면 된다.

식사 후 TV를 보고 인스타그램 피드에 빠지는 습관은,
집에 장애물이 많다면 내가 집중할 수 있는 공간으로
자리를 옮기는 것도 아주 좋은 해결책이 될 수 있다.

마음먹고 업무를 하려다 쇼핑이나 유튜브 시청에
시간을 허비하는 습관 또한,
우리가 하루에 온전히 집중할 수 있는 시간은
무한대가 아님을 기억하면 일의 능률이 오를 수 있다.

오늘 내가 생각한 우선순위의 정의를 조금만 틀어보자.
해야 할 일이 아닌, 하지 말아야 할 일부터
줄이는 날도 필요하다.

그렇게 하루에 내가 쓸 수 있는 집중력의 에너지를
최고치로 끌어올리다 보면
무기력했던 마음이 조금씩 잡혀가며
내가 해야 할 일들의 처리 속도가 빨라질 테니까.

해야 할 것이 아닌,
하지 말아야 할 것에도 때론,

우선순위가 필요하다.

되면 한다,
하면 된다

유튜브 영상을 어떻게 만들지에 대한 생각이
아무런 결론 없이 그저 고민으로 끝날 때가 많다.

그럴 때면 '그냥 올리지 말까?' 하는 타협의 속삭임이
나를 유혹하고 어영부영 넘어가는 일 또한 생긴다.
하지만 내가 원한 결과가 아니었기에 좌절감만 더 크게
다가올 뿐, 마음은 오히려 좋지 않았다.

몇 번의 경험 후 이제 무언가를 시작해야 할 때면
미리 안 될 상황을 계산하거나,
이해하려 들지 않으려 노력한다.
시간이 되고, 상황이 맞춰진다면 일단 그냥 해보는 거다.

'잘될까? 안될까?' 생각을 하는 순간
이미 자신감은 절반으로 떨어지기에
최대한 '되면 한다' 그리고 '하면 된다'라는 마인드로
밀어붙여 본다.

고민을 아무리 많이 해봤자,
행동하지 않으면 아무것도 변하지 않는 것을 안다.
무엇이라도 시작해야만 어떤 결과든 얻을 수 있다는
것을 배웠다.

무슨 일을 시작하기에 앞서
하지 않아도 될 핑계부터 찾으려 한 건 아닐까.

의욕이 없고,
시간이 없고,
돈이 없다.

이런 핑계의 뒤에 언제까지고 숨을 수는 없다.

아무것도 하지 않으면, 아무 일도 일어나지 않는다.
일단 해보자. 해보면 무슨 일이든 일어날 거니까.

고민과 생각은 허상만을 남길 확률이 높다.
하지만 행동은 결국 삶에 기록될 것이다.

지금 할 수 있는 일, 지금 갈 수 있는 곳까지만
일단 움직여 보는 거다.

시간이 없는 게 아니었다

20대 후반, 회사에 다니며 한참 일에 빠져 살 때가 있었다.
늘 바쁘고 시간이 부족하다는 핑계만 대기 급급했고
자기계발은커녕 나 자신에게도 별 관심이 없을 정도였다.
지금 돌이켜보면 어찌나 후회가 되는지….

우린 늘 시간이 없다는 핑계를 대며 살아간다.
그리고 약속이나 한 듯 시간이 흐른 뒤
'왜 그렇게 살았을까' 후회를 한다.

나를 발전시킬 기회와 시간을 공중에 날려 버렸으니
당연한 마음일 거다.
하지만 명확히 말하자면 사실,

시간이 없는 것이 아니라, 할 마음이 없었던 거다.
관심이 없으니 굳이 시간을 내지 않은 것이다.
그렇다면 깨끗이 포기하고 앞으로의 삶을 잘 살아가면
되는 건데, 우린 그러지 못한다.

남이 얻은 결과를 보면 부러워하고
나의 과거를 뒤돌아보면 후회한다.
이것이 가장 큰 문제이다.

그런 감정들에 휘둘리지 않을 평정심을 갖기 어렵다면
주어진 소중한 시간을 잘 활용해야 한다.

똑같이 24시간이 주어지는 상황에서

누구는 잘되고 누구는 안되는 이유는 명확하게 존재한다.
공평하게 주어진 그 시간을 얼마만큼 노력하며
효율적으로 써왔는지를 보면 된다.

시간이 비었을 때를 찾아 이용하는 게 아니라,
빈 곳을 스스로 만들어 활용해야 한다.

선택은 자유다.
늘 핑계만 대고 시간에 쫓겨 다닐지,
아니면 그 시간을 쪼개 쓰면서 원하는 삶을 만들어 나갈지.

우리, 작게라도 시작하자.
하루에 10분이라도 나를 위해 투자해 보자.
10분이 모여 100분, 1,000분, 1만 분이 될 때,

과거를 뒤돌아보는 횟수는 확연히 줄어들고
미래를 바라보는 시야는 확실히 넓게 펼쳐질 테니까.

진짜 내 사람을 놓치는 이유

"편견은 내가 다른 사람을 사랑하지 못하게 하고
오만은 다른 사람이 나를 사랑할 수 없게 한다."

제인 오스틴이 한 말이다.

얼마 전 MBTI가 계속 유행이라는 기사를 보았다.
무엇보다 충격이었던 건 그 테스트 하나로
나와 성향이 잘 맞고, 안 맞고를 구분해 친구를 사귀는가

하면, 면접 또한 MBTI를 참고해 진행한다는 거였다.
어쩌면 소수에 불과하겠지만 이런 흐름이 사실임은
부정할 수 없기에 깊은 허탈감이 들었다.

예전에 나도 테스트를 통해 E 성향이 나온 적이 있다.
물론 사람들과 이야기하는 것도 좋아하고
활동적인 사람인 건 맞지만, 한편으론 조용히 책을 읽거나
혼자 사색하는 시간 역시 무척 좋아한다.
그럼 과연 나는 어떤 성격이라 말해야 할까.

이처럼 사람을 만날 때 선입견을 품고 바라볼 때가 많다.
단 몇 시간, 몇 마디를 나눴을 뿐인데,
이미 그 사람을 통달한 듯
쉽게 평가하고 금세 선을 긋는다.

선부른 판단은 오해를 만들고,
그 오해가 퍼지다 보면 마녀사냥이 될 수 있다.

그렇기에 함부로 나의 잣대로 누군가를 미리 판단하거나
평가해서는 안 되는 거다.

나는 나일 뿐이고. 당신은 당신일 뿐이다.

그 누구도 고귀한 누군가의 성격을
함부로 단정 지어선 안 된다.

그리고 시야가 좁으면 확증편향자가 되기 쉽다.
무엇보다 편협한 생각으로 인해
언제 어디서 나타날지 모를 소중한 사람을
놓치게 될지도 모르는 거다.
충분히 좋은 관계가 될 가능성을
스스로 차단해 버리는 어리석은 행동은 이젠 멈춰야 한다.

선입견을 버리는 순간,
진짜 인연은 나타나게 되어 있다.

좋은 사람을 곁에 두는 유일한 방법

인간관계를 잘 맺고 싶다고 말하면서
늘 '인간'에 초점을 두지 않고 '관계'에만
신경을 쏟았던 것 같다.

상대방에게는 이것저것 바라는 게 많으면서
정작 내가 어떤 사람이 되어줄 것인가는
생각지도 않은 거다.
지금은 그 태도가 얼마나 어리석었는지 안다.

블로그를 보다가 인상 깊은 글귀가 있어 저장해 두었다.

"내가 더 좋은 사람이 되어 좋은 사람이 내게 오도록."

어쩌면 뻔할 수 있는 이 문장이 그 무렵 나에게는
왜 그리도 큰 울림으로 다가왔던지.
그동안 피상적이고 표면적인 관계의 이유가 궁금했는데
이 문장은 나의 내면부터 바라보고 가꿀 수 있게끔
한순간에 나를 잡아주었다.

모든 관계가 그런 것 같다.
억지로 누군가를 만나야 한다는 압박감을 느낄 때보다
나를 더 좋은 사람으로 가꾸고 소중히 여길 때,
비로소 좋은 사람이 나타난다.

이렇게나 쉬운 일인데 여태 왜 그리도 힘들었을까.
무엇보다 중요한 건 나에게 달려 있는데도.

좋은 사람 곁에 좋은 사람이 있다는 것.
이것이 내가 생각하는 가장 현명한 인간관계 방법이다.

남이 아닌 나 자신에게 초점을 맞추며,
스스로 부족한 점을 인정하고 개선해 나갈 때.
그동안 몰랐던 나의 특별함을 발견해 나갈 때.
우린 분명 더 좋은 사람으로 거듭날 거라 믿는다.

좋은 사람이 되면 될수록 가장 좋은 건,
결국엔 나임을 잊지 않아야 한다.

편협한 생각은
언제 어디서 나타날지 모를 소중한 사람을
놓치게 만들지도 모른다.

반전은
아무도 모른다

갑자기 유튜브 수익이 정지된 날이었다.
하필이면 프리랜서로 출사표를 던진 지 얼마 되지 않은
상황이라 유튜브 수익이 수입 대부분을 차지할 때였다.

억울했다.
아무리 생각해 봐도 내가 잘못한 점을 찾지 못했고,
구글에서는 언제 다시 수익이 창출될지 모른다고 했다.
무작정 채널을 재정비하고 다시 심사를 넣으라는

메시지뿐이었다.

막막했다.
허탈감이 컸고 사실 망했다는 생각만 들었다.
이제 진짜 나의 전부를 걸 일을 찾았다고 믿었는데,
기쁨과 동시에 좌절이 등장해 버린 거다.

먹물이 퍼지듯 머릿속은 온통 검게 물들었고
그후 아무 생각도 떠오르지 않았다.
그런데 웃픈 건, 캄캄한 앞날이 펼쳐졌음에도
당장 빠져나갈 카드값과 생활비는
빛이 나듯 또렷하게 내 머릿속에 떠올랐다는 것이다.

정신이 아주 맑아졌다.
생존본능이 갑자기 솟아난 것이다.
이번 생에 프리랜서라는 직업은 나와 안 맞는 거라고
애써 합리화하며, 바로 구직정보를 찾아보기 시작했다.

그런데 그때, 날 구원해 줄 메일 한 통이 도착했다.

영상제작 협업을 제안하는 메일이었다.
내 영상들이 전문적으로 만든 게 아닌데도
마음에 들었다며 제작 요청을 해온 것이다.
너무 감사하면서도 한편으론
'이게 어떻게 이렇게 연결이 되지' 싶었다.

백수가 될지도 모르는 상황에서
갑자기 나에게 일어난 반전이었다.
그렇게 첫 번째 반전이 일어나고 한 달 뒤,
100개가 넘는 영상의 제목과 썸네일을 수정한
노력의 결과인지, 유튜브 채널 수익까지 재창출되는
두 번째 반전이 일어났다.

위기는 언제 어디서 일어날지 모른다.
하지만 그 위기가 생각지 못한 기회가 되는 일도

언제 어디서 일어날지 모른다.

망했다고 생각했지만, 반전은 늘 존재했고,
반전이 일어났을 때, 내 삶은 더 짜릿하고 재밌게
변하기 시작했다.

당신의 반전도 모른다.
오늘 어떤 반전이 일어날지,
내일 또 어떤 반전으로 살아갈지 말이다.

옳은 길이란
존재하지 않았다

난 대다수가 좋다고 하는 방향으로만 항상 향해 있었다.
그래야 마음이 안정되었고
남들의 시선을 피할 수 있다고 생각했기 때문이다.
그렇게 보기 좋은 직장, 흔히들 만족하는 직업에
억지로 편승하는 일도 발생했다.

잠시 마음은 편했지만, 원하지 않는 길을 가다 보니
결국 금방 후회가 내 발목을 잡았고,

그 후회를 안고 쓸쓸히 왔던 길을 되돌아가는
초라한 처지에 놓이기도 했다.

종종 사람들은 옳은 길을 찾으라고 한다.

하지만 흔히들 말하는 올바른 길을 선택해
잘 걸어가다가도 생각지 못한 벽에 부딪히거나,
불편함으로 발걸음을 멈출 때가 많다.

다른 이에게는 옳은 길일지 모르지만,
나에게는 아닐 수도 있는 거다.

사실 처음부터 옳은 길이란 만들어지지도
존재하지도 않았던 것일지도 모른다.

길에서 이탈하더라도
당신의 신념으로 당신의 방식으로 걸어간다면

사실, 모든 길은 옳은 길이 될 수 있다.

누군가의 길을 굳이 따라가지 않아도 괜찮다.
모두에게 해당하는 옳은 길이란 없으니까.

내가 원하는,
내가 바라는 방향으로 끝까지 도착만 한다면.

그 길이 곧 당신의 옳은 길이 될 뿐이다.

마음 방어력 높이기 4.

○ 내 앞에 있다고 잘못 생각한 장벽들

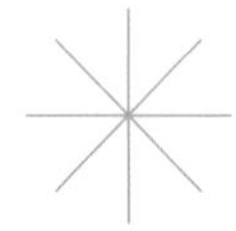

부정이 긍정으로 바뀌는 계기는 아주 사소한 것에서 시작되기도 합니다.
긍정의 말에는 늘 희망의 실마리가 담겨 있습니다.
부정적인 생각을 걷어내고 긍정적인 생각으로 내 감정을 통제하는 연습은
우리 삶의 큰 원동력이 되어줄 것입니다.

예시:

- ‘새로운 일을 시작하기엔 너무 늦었어’라는 부정을 긍정으로 바꾼 경우

1. 어린 시절 신발 공장에서 일하며 배운 기술로 49세에 ‘아디다스’를 창립한 아돌프 다슬러
2. 1008번이 넘는 도전 끝에 65세에 ‘KFC’를 창업한 커넬 샌더스
3. 76세에 처음 그림을 그리기 시작해 총 1600여 점의 작품을 남긴 그랜마 모지스

찾아보면 비교적 늦은 나이에도 불구하고 새로운 일에 도전한 인물들이 많습니다. 무언가를 시작하기에 늦은 때란 없단 걸 보여주는 증거가 아닐까요?
시작에 있어 최고의 타이밍은 바로 지금일지 모릅니다.

당신이 그동안 생각해 온 부정을 긍정으로 바꿔본다면 뭐가 있을까요?

03

자꾸만 주저앉는 자신을 다그치지 말 것

유일한 희망

그럴 때가 있다.
세상의 불운이 전부 나에게 찾아온 것처럼
좋지 않은 일이 계속 생겨날 때.
밤에 쉽사리 잠들지 못하고
아침에 눈뜨는 것이 두려움의 연속일 때.

나는 그동안 많은 도전을 하며 살아왔다.
그리고 딱 그만큼의 실패를 겪기도 했다.

무슨 배짱이었는지, 무작정 쇼핑몰 홈페이지를 만들고,
부산과 서울을 오가며 의류를 제작하는 등
끊임없이 도전을 이어나갔다.
그러나 현실은 냉정했고 모든 것이 내 뜻대로
되진 않았다. 연속적인 실패로 내 위치는 어느새
깊고 깊은 바닥으로 떨어져 있었다.

처음에는 두려움, 막막함이 가장 컸지만,
시간이 지나면서 내가 가장 안타까웠던 것은
점점 자신을 하찮은 존재로 여기고 계속 자책하는
것이었다.

물론 자신을 탓할 수 있다.
무엇이 잘못되었는지 반성하고 개선하는 시간을 가진다면
오히려 성장할 기회가 된다.
그러나 그 '탓'의 농도가 짙으면 짙어질수록
내 정신은 마치 깊은 늪에 빠지듯 고립되어

오도 가도 못하는 최악의 상태가 되어버린다.

그래서 내 의지와 달리 바닥으로 심하게 떨어지는 날이면,
'나 자신만이 이곳을 빠져나갈 수 있는 절대적 희망이다'라는
마음을 가지기 시작했다.
좌절하고 자책하는 데 매몰되면 달라지는 건
단 하나도 없기 때문이다.

바닥을 찍고 올라선 사람들은 알고 있다.
그 칠흑 같은 바닥에도 길은 존재한다고.

누군가에겐 편한 길일 수도 있고,
또 누군가에게는 험한 길이 될 수도 있겠지만,
분명한 건, 다시 나아갈 길은 반드시 존재한다는 거.

그 길을 따라 빠져나올 사람은 '나'밖에 없다.
삶이 끝나기 전까지의 유일한 희망은 바로 '나'이다.

세상 가장 큰 의미이자 희망.

그게 바로 당신임을 결코,

잊지 않았으면 한다.

나의 생각들이
데려다줄 곳은 어디인가

'한계를 넘는다는 것'이 무엇일까 고민한 적이 있다.

원하는 목표를 위해 잠을 줄여가며 그 어렵다는
미라클모닝을 꾸준히 실천했다면 한계를 넘은 걸까?
아니면, 취준생으로 3년을 보내고 끝끝내 합격을
이뤄냈다면 그건 과연 한계를 넘어섰다 할 수 있을까?

영국의 작가인 제임스 앨런은 이런 말을 했다.

"당신이 이루거나 이루지 못하는 것들 모두는,
당신이 품는 생각들의 직접적인 결과물이다.
오늘 당신은 당신의 생각들이 데려다준 그곳에 있고,
내일 당신은 당신의 생각들이 데려다줄 그곳에 있을 것이다."

상대적일 수 있지만 대단한 한계를 넘어보지 못한 나는
한계를 넘는다는 게 어떤 건지 잘 몰랐다.
하지만 앨런의 글을 읽고 나서 떠오른 건
'어쩌면 처음부터 한계란 무한한 가능성이지 않을까?'
라는 것이다.

달리기 경기처럼 결승선이 정해져 있는 것이 아니라
한계의 선은 애초부터 없는 거다.
내가 그 선을 미리 긋지 않는 이상 언제든지
한계를 조정하며 나아갈 수 있는 거다.

예측하지 않았으면 한다.
이루지 못할 거라 미리 선을 그어버리면
아무리 원해도 그건 이뤄지지 않을 일이다.

모든 것은 생각에서 시작된다.
앞으로 이뤄낼 미래에 대한 의심을 버린다면,

당신은 당신의 생각들이 데려다줄 그곳에 있을 것이다.

좌절하고 자책하는 데 매몰되면
달라지는 건 단 하나도 없다.

다시 나아갈 길은 반드시 존재한다.
그리고
그 길을 따라 빠져나올 사람은
'나'밖에 없다.

흘려보내야 할 것들

계획이 흐트러지고 무엇부터 시작해야 할지
도저히 알 수 없는 마음들이
계속 반복에 반복을 거듭할 때가 있다.

마음 한구석에서 하나둘 생겨난 불안들이
뒤엉키고 부딪쳐 불꽃이 되고,
마음의 모든 것을 다 태워버리기도 한다.

그럴 때마다 괜찮을 거라고 나를 과대평가하며
무리하게 밀어붙이다 보면
끝내 감당할 수 없는 무너짐을 맞닥뜨리게 되는 것이다.

때론 흘려보내야 할 것들은 전부 흘러가게 놔둬야 한다.
천천히 아주 천천히,
계속해서 흘려보내는 시간을 가져야 한다.

지금 안 되는 것들은 그만한 이유가 틀림없이 있다.
감정도, 일도, 인간관계도 모든 것이 다 그렇다.

지금 지나 보내야 할 것들은
미련 없이 전부 보내줘야 한다.
그러다 보면 다 보내고도 끝까지 흘러가지 않은
몇 개의 조각들이 분명 남게 된다.

그것이 지금 당신이 해야 하는 일이며

할 수 있는 일이 되는 것이다.

흘러갈 것은 어디로든 흘러가고,
정말 남아야 할 것만 당신 곁에 남을 테니.

쫓기는
삶

예전의 나는 하고 싶은 게 많아 고민이었는데
요즘은 하고 싶은 것이 도통 떠오르지 않아
두려울 때가 있다.

대체 언제까지 이렇게 계속 고민만 하고
쫓기듯 살아야 하는 걸까?
혹시 이러다 나만 도태되고 뒤처지는 것은 아닐까,
겁도 났다.

그런데 참 이상한 점은 이런 고민과 불안의 끝에는
늘 인생의 전환점을 맞았다는 사실이다.

4년 전 퇴사를 하고 새로운 일에 도전했을 때
내 몸의 면역이라는 면역은 다 떨어져 급기야
원형탈모까지 생겼었다.
스트레스를 받거나 무리하면 할수록 상태는 악화됐기에
도저히 아무 일도 하지 못하는 상황이었다.

그때 집에서 뭐라도 해야 한다는 조바심이
나를 이끈 방향이 있다.
바로 생각지도 못하게 20만 유튜버가 되게 했으며
작가라는 나의 간절한 꿈도 이루게 한 것이다.

무엇을 해야 할지, 어떻게 살아야 할지 모르겠지만,
머리가 터지도록 고민하다 보면 비로소
진정으로 내가 원하는 것을 얻을 때가 많다.

쫓기는 삶.
아주 고약하고 버거운 시기이다.
하지만 한편으론 이 어려움 끝에
새로운 변화를 향한 시동이 걸릴지 모른다.

오히려 좋다.
현재 쫓기고 불안한 마음이 든다면
조만간 당신 삶에 큰 변곡점이 만들어질 테니.
그리고 무엇보다,

'잘되기' 일보 직전의 상태인 것이니.

내 몸이
고장 나기 전에

프리랜서가 된 이후로 스스로 일거리를 찾아가며
생계를 유지하다 보니 불안함을 안고 살아간다.
프리랜서의 숙명일지도 모르겠지만,
가끔은 이게 맞나 싶을 정도로 안정적이지 않은 생활에
고개를 갸우뚱할 때도 잦았다.

이게 당연한 거라고, 모든 이가 이렇게 살아가고 있다며
오히려 나를 채찍질했고,

직장이 없기에 남들보다 더 열심히 해야 하고
늘 깨어 있어야 한다며 나를 몰아세우기도 했다.

괜찮은 척, 충분히 해낼 수 있다고 자신을 다독였지만,
사실 그건, 위로를 가장한 독촉에 불과했다.
그러다 보니 점차 의욕은 떨어졌고,
나의 비전을 나조차 믿지 못하는 상황까지 치달았다.

누군가는 겉으로 보이는 모습만 보고 나에게
끈기 있는 사람이라며 엄지손가락을 세울 수도 있겠지만,
현실 속의 나는,
처참하게 고장 나고 있는 상태였다.
아무런 조치 없이 그냥 방치돼 버린 것이나 다름없었다.

보란 듯 체력은 떨어졌고 건강에 적신호까지 켜져 버렸다.
누구의 탓도 할 수 없이 이건 온전히 나의 잘못이다.
나를 계속 몰아세우고 방치한 결과일 뿐이다.

나를 괴롭혔던 건 사실 일의 문제가 아니었다.
오히려 남을 의식하며 잘되는 모습만 보이고 싶었던
내 욕심이, 힘들어도 아무렇지 않은 척 앞만 보고 나아간
내 무관심이 가장 큰 문제였다.

자신조차 제대로 돌보지 못하는 상황에서
인생이 잘 풀리기를 바라는 것부터가 모순일 테니까.

내 삶은 다른 누구도 아닌 나 자신이 중심이 되어야 한다.
그러니 괜찮은 척, 아무렇지 않은 척하는 것이 아니라
정말 괜찮은지, 지나치게 애쓰고 있는 건 아닌지 자주 묻
고 또 살펴보아야 한다.

대단히 특별한 일을 하지 않더라도
나를 잘 돌보며 방치하지 않는 것.

이것이야말로 내 삶의 주체가 되는,

진정으로 나를 위한 인생을 사는 방법이 아닐까.

오히려 좋다.
현재 쫓기고 불안한 마음이 든다면
조만간 당신 삶에 큰 변곡점이 만들어질 테니.
그리고 무엇보다,
'잘되기' 일보 직전의 상태인 것이니.

반드시
극복해야 할 것들

아버지에게서 갑작스레 연락이 왔다.
시력에 이상이 생겼다고.
별일은 아닐 거라 생각하며 함께 안과를 찾았다.

아버지의 눈은 예상보다 심각한 상태였다.
의사는 예전의 시력으로 돌아가긴 힘들 거라고,
무엇보다 점차 시력이 크게 저하될 거라고 했다.

마음이 한순간에 꺾였고, 머리가 어지럽게 돌기 시작했다.

'열심히 살아야지' 굳게 마음먹은 바로 다음 날
일어난 일이었다. 어제의 다짐이 민망할 정도로
금방 무너지는 일이 생겨버린 것이다.

느닷없이 힘든 일이 생긴 날에는
평소 잘 살아가던 세상도 원망스럽다.

나의 허락 따윈 거들떠보지 않은 채
마치 힘을 과시하듯 몰려오는 시련들.

며칠을 병실에서 아버지의 곁을 지키다가
번뜩, 지금 당장 내가 책임져야 할 일들이 생각났다.
나마저 여기서 무너지면 큰일이라는 현실을 마주하며
이상하리만큼 정신이 또렷해지기 시작했다.

나의 의지와는 달리, 어차피 터져버릴 일들이 있다고.
햇살이 쏟아지다가도 비바람이 들이치듯,
삶에 불현듯 들이닥치는 상황은 반드시 있다고.

이런 상황을 난 '반드시 극복해야 할 것들'이라
부르기로 했다.

견디며 지나가기를 바라야 하는 상황도 있겠지만,
당장 극복하지 않으면 생계에 지장을 주는 경우도 있기에.
이미 일어나 버린 이 사태를 어떻게 대처하고 회복할지
차분하면서도 냉정하게 판단하려 애썼다.

순간의 판단과 결정들이 모여 한 사람의 모습을 만들 듯
때론, 빠르고 올바른 결단력이 삶의 큰 변화를
잘 대처하며 나아가게 하니까.

살아야 할 이유를 아는 사람은

어떠한 상황도 견딜 수 있다는
빅터 프랭클 박사의 말처럼.

지금 극복하지 않으면 어떤 일이 발생할지,
당장 내가 무엇을 해야 할지 알아내야 한다.

이미 터져버린 일은 되돌릴 수 없지만,
앞으로의 모든 결과는 현재 당신의 의지와 판단에
달려 있기 때문이다.
현실을 제대로 직시한다면
극복은 더 이상 어려운 문제가 되지 않는다.

이미 일어나 버린 일이다.
피할 수도 없고, 안타깝지만 즐길 수도 없다.

하지만 분명, 이 위기는 또 다른 기회가 되며,
힘듦의 강도가 강할수록

당신의 회복 탄력성이 놀라운 힘을 발휘해
현재의 위치보다 더 높은 곳으로 올라서게 할 것이다.

마음이 밑바닥까지 떨어졌다 해도 괜찮다.
그 바닥을 딛고 더 높은 곳으로 힘껏 오를 시간이
곧 올 테니까.

힘든 과정을 극복한 사람에게는
반드시 성장의 기회가 찾아오리라 믿으니까.

그 어떤 불행도 결코,
외롭지 않았으면 좋겠다

"요즘 들어서 되는 게 하나도 없는 것 같아요.
지금이 제 인생의 최악의 순간이었으면 좋겠어요.
그래서 나중에 이 순간을 떠올리며
왜 그렇게 별것 아닌 일로 힘들어했는지
부끄러워했으면 좋겠어요."

짧지 않은 시간 동안 유튜브 채널에 위로 영상들을 올리며,
나와 비슷한 상황에 부딪친 누군가의 진심이

오히려 나를 위로하는 순간들이 많았다.
특히, 힘듦이 고스란히 느껴지는 댓글들을 읽을 때마다
가슴은 너무 아팠지만, 그 글들을 통해
무한한 공감의 힘을 받으며 버틸 때도 있었다.

내가 직접 겪은 것은 아니니 누군가의 불행을
마음대로 공감하면 안 된다는 것을 머리로는 알겠는데,
이것만큼 확실히 나를 구하고 살리는 방법을
아직은 찾지 못했다.

감정을 공유한다는 건,
진짜 진심을 건네는 유일한 표현이라 생각한다.
아마도 지금처럼 서로 어깨에 기대지 않았다면
우린 예전에 이미 힘없이 쓰러졌을지도 모른다.

누군가의 힘겨움을 안줏거리 삼는다면
그건 반칙이고 실격이겠지만,

그 불행을 진심으로 보듬어 주고 위로를 해준다면,
그건 더는 불행이 아니라 희망이 된다.

난 이렇게 위로를 주고받으며 계속 살아갈 듯싶다.
그러나 내가 쓰러지지 않도록 누군가에게 기댄 만큼
나의 불행 또한 거짓 없이 나누며
쓰러져 가는 누군가에게 큰 버팀목이 되도록
무던히 노력할 것이다.

그 어떤 불행도 결코, 외롭지 않았으면 좋겠다.

비록 멀리 떨어져 각자의 삶을 살아가고 있는 우리지만,
작은 감정일지라도 어디든 누군가에게든
충분히 닿을 수 있다고 믿는다.
그러니 당신을 짓누르는 이 무겁고 버거운 슬픔을
더 이상 홀로 감당하지 않길 바란다.
행복의 반대말이 꼭 불행은 아니기에.

분명 어디선가 '행복'도 당신을 찾아,
최고의 타이밍에 나타날 준비를 하고 있을 거니까.

다급함은 잠시 멈추고, 우리 천천히 기다려 주자.
곧 기특한 모습으로 나타날 행복을.

마음 방어력
높이기 5.

○ 멘탈이 흔들릴 때 나를 위한 문장

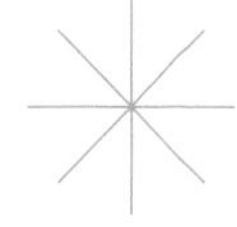

마음이 부서지고 흔들릴 때는 굳건한 말 한마디가 힘이 되어주기도 합니다.
저는 이런 좋은 문장들을 메모해 두고 가끔씩 꺼내 읽곤 하는데요.
당신에게 울림을 주는 문장은 무엇인가요?

예시:

때론 불행했고 때로는 행복했습니다.

삶이 한낱 꿈에 불과하다지만 그래도 살아서 좋았습니다.

새벽에 쨍한 차가운 공기, 꽃이 피기 전 부는 달큰한 바람.

해 질 무렵 우러나는 노을의 냄새.

어느 한 가지 눈부시지 않은 날이 없었습니다.

지금 삶이 힘든 당신,

이 세상에 태어난 이상 당신은 이 모든 걸

매일 누릴 자격이 있습니다.

후회만 가득한 과거와 불안하기만 한 미래 때문에

지금을 망치지 마세요.

오늘을 살아가세요. 눈이 부시게.

- 배우 김혜자의 감동적인 수상 소감 중에서

비극이
아름다운 희극이 되는 순간

학창시절 우연히 본 영화 〈인생은 아름다워〉는
아직도 나에게 긴 여운으로 남아 있다.
특히 주인공 '귀도'에 한순간에 매료됐었는데
주인공이 삶을 대하는 태도를 닮고 싶었다.

그가 처한 현실은 비극 중의 비극이었지만,
그의 마음은 언제나 희극이었고,
제목 그대로 인생을 아름답게 바라보았기 때문이다.

전쟁 중에 포로로 잡혀 목숨이 위태로운 상황에서도
어린 아들을 안심시키기 위해
'이 모든 건 게임이고, 승리하면 탱크를 타게 될 거야'라며
수용소 생활의 참혹함을 즐거움으로 선물해 준다.
그러곤 이렇게 말한다.

"아들아, 아무리 처한 현실이 힘들어도
인생은 정말 아름다운 것이란다."

아들을 향해 웃고 있었지만, 그도 분명
무섭고 두려웠을 거다.
하지만 주인공은 비관하지 않았다.

운다고 달라지는 건 없다고 생각했을지 모른다.
오히려 얼마나 남았을지 모르는 시간을
아들과의 행복한 순간들로 채우며 아름답게
보내고 싶지 않았을까?

고난에 처한다고 해서 비참해지는 것은 아니다.
이미 일어난 일을 되돌릴 순 없으나
아직 발견하지 못한 긍정과 희망이 분명 있으니.

때때로 버티기 힘들 만큼의 아픔이 우리 삶에 찾아오고
걱정이 앞서 아무것도 못 할 만큼의 시련도 만나게 된다.

하지만, 비극 속에서도 희극은 언제나 존재하기에
지레 겁을 먹거나, 스스로 심각한 상황에 빠질 필요는 없다.

인생이 늘 아름다울 거라고 함부로 말하진 못하겠다.
그럼에도 감히 아름답다고 말할 수 있는 건,
고난과 역경 속에서도 살아남는 행복은,
그 크기가 크든 작든 여전히 존재하기 때문이다.

이 영화의 포스터에는 이런 문구가 있다.
"웃으면서 동시에 펑펑 울 것이다."

예전엔 몰랐지만, 지금 이 문장을 보니 이렇게 느껴진다.

우리 삶에 아무리 울고 싶은 날이 온다 해도,
그 안에 분명 웃음 필 순간도 있을 거라고.

그렇기에 인생은 늘 아름다운 것이라고.

가까운 사람으로부터
상처받은 당신에게

살다 보면 더러 누군가에게 상처를 받을 때가 있다.
끝까지 상대방을 믿으며 안간힘을 다해 봐도
끝내 관계를 회복하기 어려운 상황들.

사실 상처를 받았다는 것 자체가
이미 상대를 진심으로 믿고 지낼 만큼의
소중한 관계였다는 증표이기에
그로 인한 아픔은 더 크고 깊게 느껴질 수밖에 없다.

나에게도 상대에게 진심을 건넸다가 바보가 된
허탈한 순간이 있었다.
평소 신뢰하던 직장 상사에게 큰 상처를 받은 것이다.

가끔 편하게 장난도 치고 일에 대한 고민도 상의할 만큼
의지하는 사람이었기에 그분과 함께하는 직장 생활에
진심으로 임했다.
그런데 어느 시점부터 말도 안 되는 트집을 잡으며
나를 계속 몰아세우기 시작했다.
처음에는 '스트레스를 많이 받아서 그런 걸 거야'라며
그 사람을 감쌌고 오히려 내가 부족해서 일어난 일이라며
반성하는 마음가짐으로 지냈다.

하지만 뒤늦게 알게 된 사실은 나만 이런 일을 겪은 게
아니었다는 거다. 오로지 자신이 필요할 때만 잘해 주고
아닐 때는 거침없이 태세를 전환하는
속이 검은 박쥐 같은 인간임을 너무 뒤늦게 알아버렸다.

그 후로 한동안 누구도 쉽게 믿지 못할 만큼
인간관계에 대해 예민한 시기를 보냈다.

그러나 억울한 피해자로 계속 남고 싶진 않았다.
속상했고 상처가 컸지만 허탈함에만 빠져 있을 순 없었다.
나를 진심으로 생각하지 않는 사람에게
그 어떤 감정도 주지 않겠다고 이를 악물며 다짐했다.
그렇게 그 사람과는 최대한 비즈니스 관계만 유지하며
먼지 한 톨만큼의 감정도 소모하지 않게 되었다.

가끔 상처받았던 그 순간들을 한 번씩 돌이켜보면
참 다행이라 생각되곤 한다.
그때라도 그 사람의 숨은 내막을 알게 되어
더 긴 시간 상처받지 않았음에 충분히 감사한다.

가는 마음이 고와야 오는 마음도 곱다고 하지만,
때론 오는 마음이 엉망일 때도 많다.

아닌 사람에게 더 이상 기대하지 말자.

끝이 나버린 상처에 미련을 두지 말자.

진짜 내 사람에게 전할 진심을, 삶을 살아갈 에너지를

아끼게 된 계기가 되었을 뿐이니까.

그것만으로도

참 다행한 일이다.

지금 당장
멀어져야 하는 사람

너무 늦지 않게 멀어져야만 하는 사람들이 있다.

첫째, 자기를 만나는 게 당연하다고 생각하는 사람.

이런 사람들은 대체로 자신이 우월하다는 착각에 빠져 있다.
기본적으로 남을 자기 밑으로 생각하며
자신을 만나는 것을 당연하게 여긴다.
'너 안 바쁘잖아, 너 친구 없잖아'라는 생각이

기본으로 깔려 있기도 하다.

이 사람들의 가장 큰 특징은 모든 약속이 자기중심적이며
누군가 자신을 필요로 하는 순간에는 언제나
바쁘다는 핑계를 댄다는 것이다.

둘째, 모든 탓을 남에게 떠넘기는 사람.

늘 자기 책임을 회피하며 모든 잘못을 남에게 돌리는
유형이다.

예를 들면, 약속에 늦었다고 하자.
일반적인 사람이라면 미안하다며 사과부터 하는 게
당연하다. 하지만 이런 유형은 핑계부터 대기 시작한다.
'왜 이렇게 시간을 어정쩡하게 잡았냐,
장소를 왜 이리 먼 곳으로 정했냐'며
나는 잘못한 게 없다는 식으로 끝까지 회피하려 든다.

이런 사람과 계속 지내다간 아마도 가스라이팅의 곤욕을
치르게 될지도 모른다.

셋째, 매사에 부정적인 사람.

사실 이 유형을 가장 1순위로 피해야 한다고 말하고 싶다.
그만큼 주변 사람의 삶을 피폐하게 만들고
우울하게 만드는 사람이기 때문이다.
오해하지 말아야 할 것은 마음 아픈 일이 생겨
우울한 이들은 여기서 말하는 부정적인 사람이 아니다.

내가 말하고자 하는 부정적인 사람이란,
그냥 삶 자체를 긍정적으로 보지 않는 사람을 말한다.
예를 들자면,
지금 내가 무언가 도전을 하려 준비하고 있다.
그런데 본인은 해보지도 않았으면서 무조건 "안 돼"라고
말하면서 안 되는 이유만 수십 가지를 댄다.

그러고는 “너는 못 할 것 같다”라며 계속 나의 목표를 깎아내린다.

가끔 이들의 말이 ‘조언 아닐까?’ 싶을 수도 있다.
하지만 조언은 들었을 때 나를 깨우쳐주는 말이어야 한다.
그러나 부정적인 트집은 깨우쳐주기는커녕,
상대의 자존감까지 깎아내리면서 의욕을 떨어뜨린다.
당신의 삶을 응원하기보다 매번 딴지 거는 사람이 있다면
진지하게 그와의 관계를 다시 생각해 봤으면 좋겠다.

이 모든 유형을 나는
‘당장 멀어져야 할 사람들’이라 말한다.

물론 처음부터 사람을 신중하게 만날 필요가 있다.
그러나 사람을 가려 만나는 게 쉽지 않고
처음부터 잘 알기 어려울 수 있다.

중요한 것은, 이 관계가 좋은 관계인지 나쁜 관계인지를
최대한 빨리 알아차리고 잘 빠져나오는 것이다.

완벽한 나, 완벽한 너도 없겠지만,
적어도 나를 망치려 드는 사람이 있다면
그건 피해야 하지 않을까.

우리 삶에 아무리 울고 싶은 날이 온다 해도,
그 안에 분명 웃음 필 순간도 있을 거라고.

그렇기에 인생은 늘 아름다운 것이라고.

버틸 수 없는
고통을 만났을 때

책 집필에 열심이던 어느 날
'지금껏 내가 말한 절망은 전부 가짜'라 해도
무방할 만큼의 고통이 찾아온 적 있다.
가족 중 아픈 사람이 있으면 힘들다는 걸
알고는 있었지만, 시간이 지날수록 상황이 악화되면서
내 정신은 이루 말할 수 없는 공포감으로 뒤덮였다.

'왜 힘든 일은 항상 한꺼번에 몰려오는 걸까,

내 삶에 행복은 이제 멈췄구나….'

힘듦의 강도가 한계를 넘어서는 기분이 들었다.
여러 감정이 동시에 일어났고, 생전 처음 겪는 일이라
도저히 어쩔 줄 모르며 자포자기하고 있었다.

그런데 그 순간,
갑자기 어디서 딴 사람의 마음을 빌려온 듯
내면이 고요해지는 신기한 일이 일어났다.
분명 조금 전까지는 고통에 몸부림을 쳤는데
순식간에 놀랍도록 차분해지는 내 모습에
어안이 벙벙했다.

'내가 왜 이러지?' 스스로 되물어도 도무지 알 수 없었다.
너무 신기했고, 당혹스러웠다.

사실 아직도 그때의 정확한 이유는 모르겠지만,

나도 모르는 사이 내면의 힘이 길러진 게 아닐까 싶다.
눈앞에 닥친 거대한 벽 앞에서 좌절하는 내가 있는가 하면,
한편으론 '이 정도는 그렇게 큰일이 아니야.
이겨낼 수 있어' 하고
당당히 맞서려는 내가 있는 듯하다.

그 후로 내 삶에 크게 달라진 점이 한 가지 있다.
예전 같았으면 '어쩌지' 하며 지레 겁먹었던 일들이
요즘엔 크게 두렵지 않게 다가오기 시작한 것이다.

버틸 수 없는 고통을 만나고 나니,
버틸 수 있는 일들이 확연히 많아졌다.
캄캄한 날들만 있을 거라 생각되던 날,
내 정신은 오히려 밝아졌고,
더 강해진 자신을 발견했다.

진짜 절망이 무엇인지 경험해 보니,

감히 절망이라는 단어를 쉽게 말하지 않게 되었다.

잠시 폭풍에 휩쓸렸지만, 금방 일어섰고
곧 해가 뜬다는 것도 알게 되었다.
비록 한순간에 무너졌지만, 그 덕에 더 강해졌고
전보다 더 잘 살아갈 힘이 생겨났다.

그리고 무엇보다,
아무 일 없는 평범한 일상이
삶에 얼마나 큰 행운인지도 알게 됐다.

모두가
날 사랑하지 않아도 괜찮다

누군가를 만날 때마다 나를 긍정적으로 봐줬으면
하는 마음으로 잘 지내려 노력했다.
썩 기분이 괜찮지 않은 날에도
꾸역꾸역 관계를 유지하기 위해 부지런히 움직였다.

그러다 보니 내 주위에 나와 잘 맞는 사람보다,
맞지 않는 사람들이 점점 불어났고
그 관계들을 유지하려 하면 할수록 더 큰 자괴감에

빠져버리는 부작용이 생겨났다.

단지 모든 사람과 잘 지내고 싶어 시작한 일이었지만,
결코 모든 사람이 나와 잘 지내고 싶어 하진 않았다.

어쩌면 당연한 결과였을까.
나를 바라보는 시선이 늘어나는 만큼
나에 대한 평가도 크게 엇갈렸을 테고
그만큼 날 할퀴는 말들도 적잖게 들려왔다.

확실한 내 편도, 완전한 내 적도 없다는 말이 맞았다.
모든 사람에게 잘 보일 필요도 잘 지낼 필요도
없었던 거다. 이제 와 생각해 보면
언제나 날 응원해 주고 일으켜 세워줬던 건,
단 몇 사람에 불과했다.
내가 모든 사람을 품어줄 수 없듯.
모든 사람이 날 사랑해 줄 수도 없다.

많은 이와 인간관계를 맺는다고 해서
내 삶의 만족도가 올라가는 것은 아니다.
그렇기에 기를 쓰며 관계를 유지하려 마음 졸이지 말자.

관계는 사명감으로 치열하게 지켜내야 하는 것이 아니라,
고요하고 편한 마음으로 나눠가는 일이니까.

당신이 어떤 상황에서든 손을 내밀었을 때,
그 손을 거리낌 없이 잡아줄 수 있는 사람이
단 한 명만이라도 있다면

단언컨대,
이번 생의 인간관계는 이미 성공한 것이다.

누군가 이유 없이 날 싫어한다면

뒤에 숨어서 날 비판하고, 무작정 날 싫어하는 사람들이
간혹 나타나 일상을 뒤흔들 때가 있다.

이럴 때 대부분 '그냥 무시해 버려, 신경 쓰지 마'라며
말하곤 한다.
하지만 별 이유 없이 날 싫어하고 비판하는 사람에게
어떻게 금방 신경을 끊을 수 있을까.
머리로는 알겠는데 그 사람이 보이는 태도를 접할 때마다

화가 나는 건 어쩔 수 없기 때문이다.

"열 명의 사람이 있다면 그중 한 사람은
반드시 당신을 비판한다."

유대 교리에 나온 말이다. 이 글귀를 볼 때마다
그 통찰력에 매번 감탄하곤 한다.
생각해 보면 어딜 가나 나와 맞지 않은 사람이
한 명 이상 늘 존재했기 때문이다.

그런데 여기서 집중해야 할 것은
날 비판하는 그 한 사람이 아니다. 그 한 사람을 제외한
'나머지 아홉 명의 사람들'을 떠올려야 한다.
내 모습을 진심으로 받아주고 있는 너무도 감사한
그 아홉 명에게 우린 집중해야 하는 것이다.

사랑받고 싶지도 않은 사람 때문에 골머리를 쓰며

삶을 낭비할 필요는 없다.
당신이 평화로워지는 사람에게로, 공간으로
옮기면 그만이니까.

나를 싫어하는 사람을 위해 내가 바뀔 필요는 없다.
에너지가 소진되기 전에 얼른 빠져나와야 한다.

미움받을 용기가 필요하다고 하지만,
이유 없는 미움은 굳이 받지 않아도 괜찮다.

그 대신에,
나를 소중히 생각해 주는 사람들에게
사랑을 나눌 용기만이 오직 필요할 뿐이다.

버틸 수 없는 고통을 만나고 나니,
버틸 수 있는 일들이 확연히 많아졌다.

그리고 무엇보다,

아무 일 없는 평범한 일상이
삶에 얼마나 큰 행운인지도 알게 됐다.

모든 것은 지나가고 나는 남는다

'이 또한 지나가리라'
이 말을 꽤 오래전부터 가슴에 품고 지내왔다.
대부분 스트레스를 받거나 너무 지쳤을 때 떠올리며
힘을 냈던 문장이다.
한데 어느 시점부터 이 문장에 담겨 있는
또 다른 반전 메시지를 깨닫게 되었다.

아무 문제 없이 일이 척척 잘 풀리는 날이나,

생각지 못한 여유로운 날이 온다 해도
그 또한 지나간다는 거.

심각하게 실패를 하든,
크게 성공을 하든,
그 순간의 모든 것들은 찰나가 될 거라는 것.

완벽한 실패, 완벽한 성공은 존재하지 않는다.
누군가는 환한 미소를 짓겠지만,
또 다른 이는 어디선가 울음을 터트릴 테니까.
나는 늘 상황이 좋아질 거라는 희망의 말을
많이 하려 노력한다.
하지만 때론 그 희망도 현실을 직시할 때
더 환한 빛을 내뿜을 때가 많았다.

모든 상황이 다 좋아지진 않을 거다.
더 나은 상황이 될지 아님, 더 나쁜 상황이 될지는

그 누구도 당장에 알 수가 없다.

그러나 내가 말할 수 있는 확실한 희망 한 가지는,
어떻게 흘러갈지 도저히 알 수 없는 상황이 아니라
그때그때 삶을 충실히 살아가는 당신은
분명 달라지고 있다는 사실이다.

조금씩 다음을 준비하며
더 나은 사람이 되어가고 있는 당신.
그거면 된 것이다.

마음 방어력
높이기 6.

○ 고맙고 애틋했던 기억들

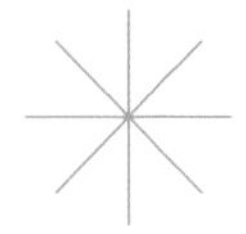

살면서 고마웠던 사람들을 떠올려보고 차마 말하지 못했던 속마음을 전해 보는 건 어떨까요?
나빴던 기억은 편집해 버리고 좋았던 기억만 소환해 보길 바랍니다.
긍정심리학의 창시자인 마틴 셀리그만 교수는 "행복은 바이올린 연주나 자전거 타기의 기술처럼 꾸준히 연습하면 얻어질 수 있는 것"이라며, 행복을 계발하는 방법으로 '감사하기'의 효과를 강조하기도 했습니다.
가족, 친구, 나, 누구든 괜찮습니다.
지나온 세월에 전하지 못한 감사한 마음을 천천히 써보았으면 좋겠습니다.

예시:

TO. 친구 S에게

최근에 생각지 못한 일들로 너무 힘들었을 때,
때마침 너한테 연락이 오더라.
사실 내색하진 않았지만, 얼마나 다행이라 여겼는지.
그 후로 매주 함께 걱정해 주고 맛있는 것도 사주면서
혹여나 내가 심하게 무너질까, 늘 옆에서 날 지탱해 줘서
정말 고마웠다고 꼭 말하고 싶었다.
이런 편지를 쓰는 것도 사실 처음인 것 같은데,
남은 60년도 우리 건강히 잘 지내보자.
고맙다 친구야.

04

되찾은 열정을 유지하기 위해 일상을 매만지는 시간

마음에도
다이어트는 필요하다

수많은 압박감 중 하나라도 줄이고자 어느 날
인스타그램의 모든 사진을 지우고 비공개로 돌렸다.
그리고 뒤도 돌아보지 않고 무작정 도망쳤다.

잠시라도 벗어나고 싶고 조금이라도 편해지고 싶어서
더는 채우는 것을 멈추고 비워내는 것에 집중해 나갔다.

그렇게 몇 달을 도망치고 비워내다 보니

완벽하진 않아도 새롭게 채울 공간들이 조금씩 생겨났고,
쪼그라들었던 나의 마음에도 신선한 공기가
들어오기 시작했다.

신기했다.
도망치면 끝일지도 모른다고 생각했는데
오히려 꽉 막혀 있던 머릿속이 정돈되면서
다시 나아갈 길을 찾게 해준 것이다.

태어날 때부터 마음이 약하게 태어나는 사람은 없다.
단지 살면서 이리 치이고 저리 치이다 보니
마음이 한번에 지쳐버리는 거다.

그렇게 모든 것을 해내기 위해 애쓸 필요 없다.
당신은 세상을 반드시 구해내야만 하는 영웅이 아니니까.

몸이 무거우면 삶이 느려지고 버겁다.

마음도 마찬가지다.

그래서 가끔 마음에도 다이어트는 필요하다.

조금은 덜어내도 괜찮다.

잠시 정리의 시간을 가져도 된다.

그래야 진짜 원하는 방향으로

더 멀리 더 새롭게 나아갈 수 있다.

진짜
의미 있는 삶

의미의 뒤편에서 아무것도 남지 않는 일들을
쳐내기 바쁜 날들이 있었다.
그 일들은 대부분 그저 남들에게 보여주기에 급급한
것들일 뿐이었다.

부끄럽지만 용기를 내 고백하자면,
난 여유가 없을 때 오히려 남을 의식해
지금 충분히 잘살고 있다고 억지로 보여주려

안간힘을 쓰곤 했다.
그렇게 무언가라도 증명해 보이지 않으면 더 불안했기에
뜻하지 않은 일을 쳐내 가며 억지 여유로
사람들을 속이기도 했다.

이게 맞는 걸까 하면서도 스스로 가두는 일을 반복했다.
허상 속에서 살아가는 시간이 길어질수록
가볍게 지을 수 있는 미소조차 나도 모르게 어색해져 갔다.

다시 의미 있는 방향을 찾고 싶었다.
이대로 살다간 나를 위한 삶이 아닌,
남에게 보여주는 삶에 급급한 사람이 될 것만 같았다.
의미를 잃으면 좌절의 횟수는 그만큼 더 늘어나고,
삶은 빠르게 피폐해져 간다.

이럴 때일수록 한번에 큰 의미를 찾으려 하면 힘들어진다.
그래서 하루하루 의미 있는 오늘에 집중하기로 했다.

진정으로 내가 필요로 하는 일들을 찾아 나가기로 했다.

의미 있는 삶은 끝나는 날까지 아름답다.
그렇기에 가짜 의미가 아닌 진짜 나만의 의미가 중요하다.

내가 즐거운 일, 내가 행복한 일,
가끔 찡그려도 곧 웃음이 피어나는 일과 함께라면
그것이 진짜 의미 있는 삶이 되는 거다.

모든 것을 해내기 위해 애쓸 필요 없다.
당신은 세상을 반드시 구해내야만 하는
영웅이 아니니까.

나만의
색깔을 가진 사람이 당당하다

이른 저녁 약속이 잡혀 친구와 함께하던 날,
우연히 유튜브에 관한 이야기가 시작되었다.
아무래도 4년간 노하우를 쌓은 나는 물 만난 고기인 듯
쉼 없이 내리 두 시간을 설명하는 과한 열정을 보였다.

마치 일타 강사가 된 듯 열변을 토하고
어깨를 으쓱거리며 집으로 가던 길에 문득,
'오늘 말을 왜 이렇게 잘하지?'라며

그 원인이 궁금해지기 시작했다.

특별히 내 컨디션이나 상대의 호응이 남다른 날도
아니었고, 정말 지극히 평범한 만남이었다.
단지 한 가지 평소와 달랐던 건,
내가 잘 아는 분야에 대해 이야기했다는 점이다.

그랬다. 내가 말이 술술 나왔던 건
누구보다 자신 있는 이야기를 했기 때문이었다.

예전부터 말 잘하는 강사들이 참 신기했다.
어쩜 저렇게 떨지 않고 스스럼없이 말을 뱉어내는지,
분명 타고났거나 오래 단련했기 때문일거라고
치부하기도 했다.

하지만 중요한 건 따로 있었다.
말을 잘하는 것은 거침없이 뱉어낼 수 있을 만큼

확실한 자신감을 갖고 있느냐의 문제이다.

5 곱하기 5의 답이 25라는 것에 대해
우린 한 치 의심 없이 당당히 대답할 수 있다.
답에 대한 확신이 있기에 말할 수 있는 것이다.

모든 일을 잘할 수는 없다.
사람을 살리는 의사도 바짓단을 줄이려면
세탁소를 찾아 맡겨야 하듯,
제각기 다른 자리에서 잘 해내는 일들이 존재하는 거다.

남이 만들 수 없는 유일한 당신의 색깔,
나만의 색깔을 가지고 세상을 살아가면 된다.

걸어도 걸어도 끝이 보이지 않는 아주 긴 여정일지라도
내가 가야 할 길이 명확하고 확실하다면
어떠한 망설임도 없이 당당히 걸어가게 될 것이다.

당신도 누군가에게 분명,

도움을 주는 작은 강연을 해낼 수 있다.

열심히 살기 위해
반드시 필요한 것

쉬운 것 같지만 우리가 가장 실천하지 못하는 게 있다.
'가끔은 열심히 살지 않는 것'.

나도 아주 열심히 이것저것 가리지 않고
많은 도전을 하며 살았다.
그러다 어느 순간 가족이 아팠고, 지인이 아팠다.
그리고 내 몸도 망가지는 일이 생겼다.
그때 강하게 결심했다.

가끔은 열심히 살지 않는 시간을
어떻게든 만들어야겠다고.

적어도 일주일에 하루 정도는
일 생각을 조금이라도 덜어내려 노력하기 시작했고,
모든 걸 잊고 즐길 수는 없겠지만
하루의 반만이라도 벗어날 수 있다면
그걸로 충분히 감사했다.

열심히 살지 않는 시간을 가지는 것도 처음엔 낯설다.
연습이 필요하고, 무엇보다 용기가 필요하다.

무작정 아무것도 하지 않는 것이 아니라
나에게 지금 필요한 최선의 행동이 무엇인지
파악해야 한다.

가끔은 온전한 쉼이 필요하다.

잠시나마 복잡한 일상에서 벗어나
제대로 된 숨을 시원하게 내쉴 수 있는
나만의 진짜 쉼이 필요한 거다.

쉬면서도 때론 불안할지도 모른다.
하지만 내가 이루고자 하는 목표를 위해서라도
휴식은 너무나 필요한 수단이자 과정이다.

아주 가끔은, 열심히 살지 않는 용기를 내보길 바란다.
몸과 마음이 녹초가 되어버리기 전,

당신에게 따듯하고 편안한 쉼을 처방해 주길.

나에 대한 사랑은
과해도 된다

무언가에 도전해야 할 때, 혹은 새로운 시작을 앞둔 순간.
중요한 일을 앞두고 있을 수록
'이대로 괜찮을까?' '내가 해낼 수 있을까?'
하는 불안이 마음을 파고든다.

의욕도, 자신감도 어느새 사라지고
조용히 일상이 침잠하려 할 때.

이런 조짐이 느껴지면
일단 복잡한 생각들을 멈추고
자신이 가진 내면의 밝은 빛에 집중해 보면 어떨까.

누구보다 애쓰며 살아온 나와 마주하며
지금까지도 너무 괜찮았다고
잘못한 것도, 나쁜 것도 아니었다고
진심으로 자신에게 말해 주는 '나를 돌보는 시간'.

자기 자신에게 사랑을 주는 것이 익숙지 않아
가끔 무심함을 넘어 야박함으로 번지기도 하지만,
그래서 더욱 의식적으로라도 응원하고 격려해 주며
보듬어 줘야 하지 않을까.

모든 일이 과하면 탈이 생긴다고 하지만,
나에게 주는 사랑만큼은 한없이 벅찼으면 좋겠다.

바깥세상에만 쏠려 있는 나의 관심을 잠시만 안으로 돌려
지치고 소외된 나를 돌보는 시간에 집중했으면 한다.

지금까지 잘 해왔다고,
난 언제나 변함없이 가치 있는 사람이라고.

그래야 '늘 그래왔듯 이번에도 이겨낼 거야' 하며
앞으로 나아갈 수 있지 않을까.

아무리 걸어도 끝이 보이지 않는
아주 긴 여정일지라도
내가 가야 할 길이 명확하고 확실하다면
어떠한 망설임도 없이
당당히 걸어가게 될 것이다.

관계에도
안전거리가 필요하다

인간관계를 조금씩 이해하게 되면서
사람과 사람 사이의 '거리 유지'가
무척이나 중요하다는 사실을 알게 되었다.

어떤 관계가 되었든 애정이 한쪽으로만 기울어진다면
그 관계는 건강하지 못할 확률이 높다.
그러나 대부분 자기 위주로 살아가기 때문에
자신이 원하는 사람과의 관계에서

지나치게 집착하게 될 때가 있다.

불을 쬘 때 춥다고 해서 너무 가까이 붙으면
크게 데이고 만다.
아무리 나에게 필요해도 거리를 유지하지 않으면
사고가 일어나 다치는 일이 생길 수도 있다.

관계도 마찬가지다.
적정 거리를 유지하지 않고 무작정 달려든다면
누군가는 분명 다치고 말 것이다.

명심해야 할 것은,
세상에는 당연한 관계란 없다는 것이다.
내 마음과 동일한 사람은 없다.
나를 맞춰주기 위해 태어난 사람은 단 한 명도 없다.

돌이켜 보면 누군가에게 지나치게 다가갈 때

상대방은 반대로 나에게서 멀어졌다.
나 또한 누군가 나에게 과한 집착을 보일 때면,
그를 멀리하며 피하기 급급했다.

그렇다. 관계는 소유하는 것이 아니다.

소유욕이 강할수록 관계는 오히려 소모되어
끝내 어그러질 뿐이다.

서로의 거리를 유지하며 존중하는 태도가 필요하다.
아무리 친한 사이라도
각자의 생활, 개인적 사정은 존재하기에
때론 기다려 주며 부담을 줄여 줄 필요가 있다.

서로 간에 적당한 거리가 존재해야만
그 사이에 마음의 여유와 편안함을 담을 수 있기 때문이다.

잊을때마다 다시 떠올리자.

인간관계는 소중한 사람끼리 서로의 삶을 존중하며

함께 순간을 공유해 나가는 아주 특별한 일임을.

삶이 변화되고 있다는
긍정적 신호

나이가 들수록 가치관이 달라지며
내면은 더욱더 성숙해진다.
인간관계에도 그런 변화가 반영될 때가 있다.

'나와 맞지 않는 사람들을 정리하는 것.'

모든 정리가 그렇겠지만 시작하기 전이 가장 어지럽고,
여러모로 생각이 많아지는 순간이다.

‘이렇게 정리해도 되는 건가?’ 망설이거나
‘나를 욕하지는 않을까?’ 두렵기도 하다.

하지만 우리의 내면과 가치관이 변하고 성장하듯
인간관계도 마땅히 그래야 맞다.
미성숙하고 어렸던 관계가 조금씩 어른스럽게
성숙해지고 있다는 증거니까.

관계를 정리한다는 것이 쉬운 일은 아니며,
부득이하게 외로움이 동반될 수도 있다.
하지만 나와 결이 다른 사람들과 억지로 맞춰가며
살아가는 것보단 일시적 외로움이 오히려
내 삶에 긴 행복을 가져다줄 것이라 믿는다.

기억하자.
관계가 정리되고 있다는 것은
당신이 한층 더 성장하고 있다는 뜻이며,

건강한 인간관계를 위해 꼭 필요한 여정일 뿐이라는 거.
빈 관계엔 또 새롭고 좋은 관계가 채워질 것이다.

무엇보다,
당신의 삶이 새롭게 변화되고 있다는
긍정의 신호인 것이다.

마음 방어력 높이기 7.

○ 지금 나의 하루는

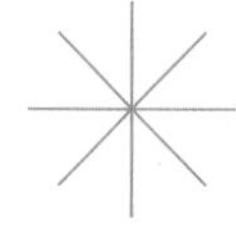

나다운 삶을 살기 위해서는 나의 삶을 건강하게 만드는 루틴이 필요합니다.
처음부터 너무 많은 루틴을 적으면 실천이 힘드니
지금 나의 하루에 가장 필요한 '루틴' 한 가지만 적어보는 건 어떨까요?

예시:

1. 마음이 답답하거나 휴식이 필요할 때.

- 자연 속에서 멍 때리며 산책하기.
- 내가 가장 좋아하는 공간으로 이동하기.

2. 머리가 복잡하고 삶에 정리가 필요할 때.

- 의식의 흐름대로 글(일기) 쓰기.
- 책 에서 읽은 좋았던 문장 필사하기.

3. 자존감이 떨어지고 매일 똑같은 일상에 무기력할 때.

- 참 다행이라 여겼던 일들을 떠올리며 감사하기.
- 누군가에게 도움을 줬던 일들을 하나씩 적어보기.

지금 나에게 가장 필요한 루틴은 무엇일까요?

단
한 번뿐

"네가 세상에 태어났을 때 너는 울었지만,
세상은 기뻐했다. 네가 죽을 때 세상은 울겠지만
너는 기뻐할 수 있는 삶을 살아라."

이 인디언 속담처럼 당신이 진심으로 기뻐할 수 있는
삶을 살았으면 좋겠다.
대단히 특별하진 않더라도 당신의 삶을 소중히 여기는
마음을 항상 품으며 살았으면 좋겠다.

설령 시간이 흘러 몸이 둔해지고 약해져
스스로 힘차게 할 수 있는 일이 줄어든대도,
다시는 반복되지 않을 오늘 이 하루에
기쁜 순간을 만난다면 잠깐이라도 그 순간을
진심으로 즐기길 바랄 뿐이다.

인생은 예측할 수 없는 한방을 바라며 사는 게 아니라
지금 이 순간이 한 번뿐이라는 걸
기억하며 살아가는 것이다.

인생은 찰나와 같고 한순간의 꿈에 불과할지 모른다.

삶이 날마다 이어지고 있기 때문에
하루하루 그냥 대수롭지 않게 흘려보낼 수 있지만,
우리에게 인생이 소중한 이유는 언젠가
끝이 있기 때문이다.

좋은 것만 보고 좋은 것만 하기에도
짧은 인생이라고 했다.

그러니 일상 속 소소한 기쁨을 마주친다면
꽉 잡아 놓치지 않길 바라본다.
당신이 어떤 삶을 살아왔든,

인생이 단 한 번뿐이라는 건 절대 변하지 않으니까.

하고 싶은 일을
해야 하는 이유

하고 싶지 않은 일을 해도, 하고 싶은 일을 해도
스트레스를 받는 건 똑같은 것 같다.
그렇다면 당연히 내가 하고 싶은 일을 하는 게
맞지 않을까?

하지만 우린 이 당연한 걸 선뜻 선택하지 못한다.
저마다의 이유가 있겠지만, 금전적인 문제도
크게 작용할 것이다.

프리랜서로 일한 지 3년이 되었다.
3년을 버티고 있다는 것에 박수를 쳐주고는 싶지만
한편으론 직장 생활이 그리울 때가 많다.

아무리 힘들어도 어떻게든 버티면 월급이 나왔기에
목표를 세우고 나름 행복한 상상을 할 수 있는
여유가 있었다.

하지만 이젠, 똑같이 한 달을 열심히 해도
고정적 수입이 없으니 늘 불안함이라는 펜을 들고
미래를 그려나가는 기분이 들기도 한다.

누군가는 물을 것이다.
그럼에도 불구하고 지금까지 왜 포기하지 않았느냐고.
조금 의아해할지 모르겠지만,
지금의 선택에 생각보다 큰 비중을 차지했던 건 바로,
죽음이었다.

뜻하지 않은 죽음의 소식을 접할 때마다 매번 생각했다.

죽음 앞에서는 모두가 한없이 연약한 인간일 뿐이구나.
결국, 우주 속을 떠돌다 사라지는
한낱 먼지에 불과하구나.

언제 어떻게 될지 모르는 우리 인생,
그 삶 속에서 조금이라도 자유를 찾고 싶었다.
혹여나 일어날 갑작스러운 죽음 앞에 나름 떳떳하게,
즐겁게 잘 살았노라 말하고 싶었다.

죽음 앞에는 공감도 위로도 없다.

마지막 순간의 아쉬움과 후회들을
진정으로 알아줄 사람은 오직 나밖에 없을 것이다.

살아있는 동안 최소한의 후회만을 남기며 살자.

내 삶을 가장 귀하게 여겨보자.

만약에 다시 제자리로 돌아올지라도
'해봤다'라는 그 경험만으로
우리의 삶은 찬란히 빛이 날 테니까.

올바른 기준만이
옳은 길로 이끌 뿐이다

모든 게 불안정했던 20대를 지나, 30대에 접어들어서야
내 삶의 기준은 바깥이 아니라
내 안에서 만들어 가는 것임을 깨닫게 되었다.
더는 세상이 정해놓은 기준에 나를 맞추려 애쓰지 않고,
나만의 기준을 하나씩 세우며 살아가니까
나 자신의 마음과 생활이 단단해져 갔다.

주변의 시선, 타인의 기대에 부응하기 위해 움직였을 때보다

'내가 이 일을 하고 싶은가? 하고 싶지 않은가?'
스스로 질문하며 답을 찾아갈 때
한 걸음 더 성장했음을 느꼈다.

어제의 나보다 오늘의 내가 성장했을 때
더 행복하고 만족스럽게 삶을 살아가게 되는 것 같다.

내 기준이 아닌 걸 했는데
결과가 좋지 않은 경우 후회와 허탈감이 더 크지 않은가?
내 기준에 따라 한 것은 설사 실패로 돌아가더라도
최선을 다한 결과라 좀 더 깔끔하게 인정하기 쉽고
부족한 점을 개선해 앞으로 나아갈 동력도 생기기 쉽다.

물론 나만의 기준을 세운다는 게
어떻게 보면 막막하고 어려울 수 있다.
중요한 것은 세상의 여러 가치들을 최대한
두루두루 살펴보고 내가 정말 바라는 방향에 부합하는 것은 무엇인지 생각해 보는 시간이 중요하다.

바쁜 일상을 보내다 보면 판단이나 결정의 순간이 올 때
자칫 휩쓸려가기 쉽다. 남들 하는 대로.
그럴 때 최대한 자신의 기둥을 굳건히 지키며
나아갈 수 있어야 한다.

내가 만들고 내가 움직이는 세상에 나를 담아야 한다.
불확실한 누군가의 손짓에 더는 흔들리지 말자.
조금 느리더라도 내가 정한 기준으로 선택하고 시도하면
되는 거다.

지금 당신의 마음을 툭툭 조금씩 건드리는 것.
에너지가 고갈되더라도 다시금 떠오르는 일.
그 모든 것에 기준을 맞추며 살아가길 바란다.

나를 진정으로 나답게 만들어 주는 기준.

그것을 통해 나만의 이야기를 만들어 가면 된다.

나만의 가치와 기준만이 나를 완성할 뿐이다.

살아있는 동안 최소한의 후회만을 남기자.

'해봤다'라는 그 경험만으로도
우리의 삶은 찬란히 빛날 테니까.

나의 단점이
누군가에겐 장점임을

사춘기 시절 곱슬머리가 너무나 싫었다.
거짓말 하나 보태지 않고, 울면서 기도를 할 정도였고,
누구에게도 들키고 싶지 않을 만큼 감추고 싶었다.

그 시절, 신이 주신 가장 큰 벌이라 여길 정도였으니까.

사실 어른이 된 지금도
나의 자존감을 한 번에 훅 떨어뜨리는 단점들은 존재한다.

하지만 혹독한 사춘기를 보낸 덕분인지 요즘은
누군가 나의 콤플렉스를 건드리면
가슴은 아프지만 적어도 화를 내는 일은 없다.

나의 감정을 한순간에 촉발하는 트리거가 제거된 것이다.
아무리 힘을 가해도 마치 고장 난 듯
아주 쉽게 넘어갈 수 있는 여유까지 생겨버렸다.

수많은 단점을 가지고 수많은 시련을 겪으며 얻은
나만의 방법을 공유하자면,

'나의 단점을 분명 누군가는 부러워하고 있음을
기억하는 것'이다.

예를 들어, 내향적인 누군가는 외향적인 사람을,
반대로 외향적인 누군가는 내향적인 사람을
부러워할 것이다.

나는 단점이라 생각했던 것이 누군가에겐
장점으로 보이기도 한다.

그렇기에 나의 일부인 단점에만 잠식된 채 살아가지 않고,
있는 그대로의 나로 당당히 살아갈 필요가 있다.

나의 못난 부분도 내 일부분임을 담담히 받아들이고
자신을 사랑하는 마음을 잃지 않는 태도가
오히려 사람들에게 긍정적이고 멋진 사람으로
보이게 할 것이다.

나이에 오히려
감사한 이유

오지 않을 것 같았던 마흔이라는 나이가 어느덧
코앞으로 다가와 버렸다.
이상하다. 20대를 마지막으로 보낼 때의 허탈함과는 달리
30대를 보내는 마음은 왠지 아련하고 애틋하다.

서른에서 마흔이 되는 과정이 그런 것 같다.

무언가 쉼 없이 애쓰고 계속 달리게 되는 나이.

제대로 어딘가 정착하기에는 아직 어색한 나이.

어른이라기엔 아직 어린 것 같고,
어리다기엔 또 어른스럽게 행동해야 하는,
마치 첫째와 막내 사이의 둘째 같은 그런 안쓰러운 나이.
그래서 그런가, 지난 30대에 좀 더 많은 애틋함을 느꼈다.

비록 내가 꿈꾸었던 것 그대로의 시절은 아니었지만,
그 시간을 보내오면서 감사하게도
아주 값진 깨달음 한 가지를 얻게 되었다.

나이는 가만히 있기만 해서 제대로 먹을 수 있는 것이
아니라는 것을.

하루 24시간, 최선을 다해 살아내며
그 안에서 이런저런 아픔과 시련을 또 수없이 겪어내야만
먹을 수 있는 것이 나이였다.

한 살, 두 살 나이 드는 게 썩 기분 좋은 것은 아니었지만,
그만큼 지금의 내 모습은 그동안 내가 애쓰며
잘 살아내었다는 증거임은 분명했다.
그렇기에 나이가 드는 자신을 기꺼워해도 좋지 않을까.

나이가 들수록 시간의 속도가 배가 되는 것을 실감해 보니,
왜 시간을 금이라고 하는지, 그리고 시간이 주는 성장이
얼마나 큰 선물인지도 알게 되었다.

그리고 앞으로 다가올 시간 또한 그럴 것이라 믿고 있다.

아주 멋지게 살지는 못하더라도,
자신에게 창피하게는 살지 않으려 한다.
잘 나이 들어가는 일.
그것이 살아가면서 가장 값진 일임을 알게 되었으니까.

앞으로 다가올 마흔이 꽤 설레는 요즘이다.

이젠 나이를 먹는 일에 거리를 두지 않으려 한다.
슬퍼하지도 아쉬워하지도 않을 거다.

지나간, 그리고 다가올 모든 나이에
감사함을 전한다.

애틋하고 소중했던 지난 시간들.
너무 고생했고, 너무 애썼다.

앞으로의 설레는 미지의 시간들.
반갑고, 잘 부탁한다.

못하는 나도
소중한 나라는 것

무언가를 꼭 잘 해내야만 자존감이 올라간다고 생각했다.
과거의 나와 지금의 나 사이의 격차를
예전보다 더 크게 벌리며
새로운 더 멋진 일을 이뤄내야지만,
자존감을 더 높게 쌓아갈 수 있을 거라 믿었다.

매번 '못하는 나'보다 '잘하는 나'에게만 시선을 줬다.
오로지 잘하는 모습에만 큰 기대를 걸며 응원하던 때,

못하는 나에게는 얼마나 야속하게 굴었으며
실망한 마음은 또 얼마나 내색했던지.
왜 그렇게 선을 긋고 차별을 했는지,
괜스레 미안함이 들며 마음이 아팠다.

못하는 나도 너무 소중한 '나'인데.

못난 나를 싫어해 보고 기특한 나를 좋아도 해보니,
꼭 잘 해내야만 자존감이 올라가는 것이
아니라는 걸 알게 되었다.
잘하지 못하는 나를 있는 그대로 보듬어 주고
진정으로 인정했을 때, 비로소 자존감이 놀랍게 솟구쳤다.

큰 변화를 바라는 것보다 중요한 건,
나를 있는 그대로 수용하는 것이었다.

어떤 일이 벌어지더라도

'그럴 수 있지'라는 마음이 필요했다.

가끔 나 자신에게 불친절한 감정이 생길 때도 있겠지만,
그것 또한 당연히 일어날 수 있는 감정이었다.
누가 나에게 아쉬운 소리를 해도 그럴 수 있는 거였고,
살아가다 미숙함으로 실수를 연발하더라도, 그것 또한
그럴 수 있는 거였다.

잘했든, 못했든, 우린 언제나 괜찮은 사람임을
늘 기억해야 한다.
부족하다면 격려하고 잘했다면 존중해 주면 그만이다.

혹여나 다른 사람들의 깎아내리는 말과 행동이
당신을 불안하게 해도
절대 주눅들 필요도, 고개 숙일 필요도 없다.
나를 제대로 온전히 아는 사람은 오직 '나'밖에 없는데
누가 함부로 내 가치를 판단하고 평가할 수 있을까.

자존감의 변화에 휘둘리지 말자.
잠시 낮아진다고 한들,
언제든 다시 높아질 수 있는 거니까.

높고 낮음은 중요하지 않다.
그것을 얼마나 빠르게 인정하고 회복해 나가느냐가
삶에 더 큰 보탬이 될 거라 자신한다.

잘 살아가도 소중한 '나'이고,
못 살아가도 소중할 '나'니까.

시간이 주는 성장이
얼마나 큰 선물인지…

지나간, 그리고 다가올 모든 나이에
감사함을 전한다.

운을 불러일으키는 상상

흔히 성공한 사람이 된 듯 행동하라고들 한다.

하지만 성공한 사람처럼 행동하는 게 지금의 나에게는
아무래도 심화 과정에 속하는 것 같아
조금 더 쉬운 기초적인 마음가짐부터 가져야겠다고
생각했다.

우선, '긍정으로 다가가 보자'라고 마음먹으며

'나는 잘된다, 반드시'라는 생각을 항상 떠올리기로 했다.

내가 잘된 순간을 계속 머릿속에 그리며,
혹여나 일어날 성공의 삶을 상상하며 살아가 보는 거다.
그렇게 지내다 보면 어느새 내 몸과 마음이
그 방향을 향해 점차 다가가고 있음을 느끼게 될 것이다.

상상하는 삶은 무한대다.

어느 날
내가 화제의 주인공이 되어 인터뷰 요청이 쇄도하는 상상.
나의 성공으로 세상에 작은 보탬이 되는 상상.
누군가 나로 인해 삶이 뒤바뀌는 상상.
그 어떤 상상이든 상관없다.
긍정의 상상이라면 언제든 환영이다.

난 가끔 운에도 알고리즘이 존재할지도 모른다는

엉뚱한 상상을 한다.
비록 상상이지만 그렇게 생각하다 보면 어느 순간
연속적으로 운이 따르는 일이
심심치 않게 발생할 때가 있기 때문이다.

상상이 현실이 된다는 것은
어쩌면 영화에서나 가능한 일일지 모른다.
하지만 적어도 그 상상들이 우리 삶을 꽃피울 수 있는
작은 씨앗이 되어주는 것만은 확실하다고 여긴다.

앙드레 말로도 "오랫동안 꿈을 그리는 사람은
마침내 그 꿈을 닮아간다"라고 했다.

우린 운이 좋은 사람이다.
우린 앞으로 잘될 사람이다.

마음 방어력 높이기 8.

○ 오늘을 최고의 날로 만드는 키워드

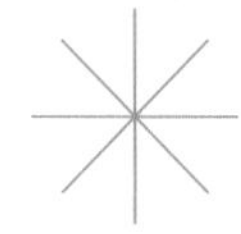

별로 한 것도 없는 것 같은데 하루가 순식간에 사라진 듯한
기분이 들 때가 있습니다. 그런 평범한 하루 속에서도 찾아보면
특별한 나다움을 발견할 수 있습니다.
하루 동안 보고 듣고 말한 일상의 장면들을 떠올려
기억하고 싶은 '오늘의 키워드'를 적어보세요.
그렇게 키워드가 모여 선물 같은 나의 하루를 더 다채롭게 만들어 줄 거에요.

오늘을 기억하고 싶은 키워드들을 적어보세요.

내일은 또 어떤 키워드를 채우고 싶나요?

오늘의 키워드:

내일의 키워드:

인생은 모두가 함께하는 시간여행이다.

매일매일 사는 동안 우리가 할 수 있는 건

최선을 다해 이 멋진 여행을 만끽하는 것이다.

- 영화 〈어바웃 타임〉 중에서

무기력하지만 하고 싶은 것은 많습니다

초판 1쇄 인쇄 2023년 2월 14일
초판 1쇄 발행 2023년 3월 2일

지은이 양경민(글토크)
펴낸이 이경희

펴낸곳 빅피시
출판등록 2021년 4월 6일 제2021-000115호
주소 서울시 마포구 월드컵북로 402, KGIT 16층 1601-1호

ISBN 979-11-91825-79-4 03810